마음을 비우면
세상이 보인다

The Path to Tranquillity Dalai Lama

마음을 비우면
세상이 보인다

달라이 라마 지음 | 공경희 옮김

문이당

감사의 말

아래의 저작권 자료들을 리프린트하도록 허가해 주신 데 대해 해당 출판사와 관계자 여러분께 진심으로 감사드립니다.

From *Gentle Bridges* by Jeremy W. Hayward and Francisco J. Verela ⓒ 1992. Reprinted by arrangement with Shambhala Publications Inc., Boston.

From *A Flash of Lightning in the Dark of Night* by the Dalai Lama ⓒ 1994 by Association Bouddhiste des Centres de Dordogne. Reprinted by arrangement with Shambhala Publications Inc., Boston.

From *Violence and Compassion: Conversations with the Dalai Lama,* translated by Jean Claude Carriere. Translation copyright ⓒ 1996 Doubleday a division of Bantam Doubleday Dell Publishing Group. Used by permission of Doubleday a division of Bantam Doubleday Dell Publishing Group, Inc.

From *Mandala* magazine. Reprinted by arrangement with Foundation for the Preservation of the Mahayana Tradition(FPMT) International Office, California, publisher of *Mandala* magazine.

From *Generous Wisdom,* edited by Dexter Roberts ⓒ 1992; *Dialogues on Universal Responsibility and Education* by H. H. the Dalai Lama ⓒ 1995; *Opening the Mind and Generating a Good Heart* by H. H. the Dalai Lama ⓒ 1995 (4th edition). Reprinted by arrangement with the Library of Tibetan Works and Archives, Dharamsala.

새 천년 인류의 예지, 달라이 라마

새 천년을 맞이하여 우리는 지난 세기의 냉철한 비판을 통해 앞으로 무엇을 위해, 어떻게 살아가야 할지를 다시 한 번 생각해 보아야 하겠습니다.

돌이켜보건대, 지난 세기 우리 인류는 산업화와 과학 기술 문명의 혜택으로 많은 성장을 거듭해 왔습니다. 그러나 이로 인한 인간 존엄성의 상실과 사상, 종교의 대립, 그리고 경제적 불평등의 심화와 핵문제, 환경 문제 등 많은 문제점들을 동시에 내포하고 있는 것 또한 사실입니다.

그렇다면 이러한 인류의 모든 문제점에 대한 대안은 무엇이겠습니까? 일찍이 세계의 석학들이 예언했듯, 20세기 최고의 사건은 불교의 사상이 서양에 전해진 것이며, 앞으로 이러한 불교 정신을 통해서 인류는 그 대안을 찾을 수밖에 없을 것입니다.

이러한 때 티베트 불교 지도자이자 관세음보살의 화신이라 일컫는 달라이 라마의 말씀이 담긴 《마음을 비우면 세상이 보인다》라는 책이 문이당출판사에서 출간됨을 기쁘게 생각하며 찬탄해 마지않습니다.

이 책의 출판을 계기로 모든 사람들이 부처님의 감로수와 같이 법음(法音) 안에서 진정한 깨달음을 얻고, 어려운 이웃들과 동체대비(同體大悲)하는 맑고 향기로운 보살의 삶을 갖길 바랍니다. 아울러 달라이 라마의 방한(訪韓)이 하루속히 이루어졌으면 하는 바람입니다.

불기 2544년 5월

前 수덕사 주지

제31대 대한불교 조계종 총무원 원장

金法長 (1941~2005)

우리는 인간이기에 행복을 원하고 고통을 피하고 싶어
한다. 나의 좁은 경험으로 볼 때, 그러기 위해서는 긍정적
인 마음 상태를 닦고 유지하는 일이 무엇보다 중요하다.

내가 귀의한 불교 전통에서는 마음을 닦는 참선을 수행
함으로써 바른 마음(正覺)을 얻을 수 있다고 한다. 때론
가부좌를 틀고 앉아서 마음을 고요히 하는 것이 참선이긴
하지만, 한편으로는 지속적으로 바른 생각에 익숙해지는
것도 참선이라 할 수 있다. 우리가 경전과 기도문을 늘 읽
고 암송하는 이유도 거기에 있다. 나는 오랜 세월 '마음을
단련시키는 여덟 노래'에서 큰 영감을 얻어 왔다.

　　지고의 목적을 달성하므로
　　소원을 들어주는 보석보다도 뛰어난
　　모든 지각 있는 존재를
　　난 늘 가장 사랑스럽게 품으련다.

　　다른 이들과 함께할 때는
　　나를 가장 낮은 자리에 둘 것이며
　　마음 깊은 곳으로부터
　　그들을 사랑하고 가장 높게 보련다.

나와 다른 이를 위험에 빠뜨리는
망상이 나타나는 순간,
지체 없이 당당히 맞서
망상을 없애련다.

폭력적이고 부정적인 행위와 번뇌에 짓눌린
사악한 존재를 만나거든,
귀한 보물이라도 얻은 양
그들을 아끼련다.

다른 이들이 시샘해서
나를 욕보이고 모욕하더라도
나는 패배를 인정하고
다른 이에게 승리를 주련다.

내가 은혜를 베풀고
내가 큰 소망을 가졌던 자가
내게 해를 입힐지라도
그를 성스러운 영혼의 친구로 여기련다.

지각 있는 존재들, 내 어머니들에게 직접 간접으로
모든 은혜와 행복을 바치고,
그들의 해로운 행동과 번뇌는
은밀히 내가 짊어지련다.

그들이 여덟 가지 불경한 근심에
더럽혀지지 않기를 바란다.
그 모든 것은 망상인 것을.
하여 모든 이가 속박에서 놓여나 자유로워지기를.

이 노래에는 지혜의 가르침이 포함되어 있어, 늘 다른
이를 나보다 중요한 존재로 보라고, 마음의 평온을 깨뜨리
는 불편한 감정과 맞서 그것을 억누르고, 다른 이에게 은
혜가 될 것은 뭐든 주라고, 그리고 어떤 번뇌든 자기가 짊
어지라고 말한다. 이 책에는 내가 쓴 매일매일의 글이 담
겨 있다. 독자들이 이 책에서 따뜻한 마음을 키울 수 있는
영감을 얻기를 기원한다. 그것이 바로 행복의 열쇠이므로.

1998년 2월 26일
달라이 라마

진실에의 추구

• • • 오늘날 세계는 너무도 골 깊은 갈등과 고통에 빠져 있으므로, 누구나 평화와 행복을 갈망한다. 한데 불행하게도 그 갈망은 사람들을 덧없는 쾌락의 길로 이끌어 간다. 그러나 이 같은 현실에 만족하지 못하는 소수의 현명한 사람은 더 깊이 생각하고 진정한 행복을 추구한다. 나는 믿는다. 물질적인 발전이 계속되어도, 진실에의 추구는 꾸준히 진행될 것이며 훨씬 더 커지리라고.

세상을 바꾸고 싶다면

· · ·세상을 바꾸고 싶거든, 먼저 자기 내면의 변화를 꾀하려 노력하라. 그러면 가족이 변화할 것이다. 거기서 범위를 점점 더 넓혀 가면 세상도 바꿀 수 있다. 우리가 하는 일은 모두 다 서로에게 영향력을 미치게 마련이다.

Dalai Lama

행복과 번뇌

· · · 행복은 창의적인 활동의 소산이며, 번뇌는
부정적인 활동의 소산이다.

죽음

• • • 우리가 죽을 때는 아무것도 가져가지 못한다. 다만 우리 인생의 업적과 영적인 지식의 씨앗만 안고 갈 뿐이다.

Dalai Lama

005_365

명상의 중요성

· · · 죽음의 순간, 의식과 육체는 분리된다. 요
가 수행이나 참선 수행을 하는 자들은 자발적으로 이 둘을
해체하거나 분리시킬 수 있다. 명상을 통해서 혈액 순환과
호흡 같은 신체 기능을 조절할 수 있다. 결국 단련을 강화
하면, 의식과 육체를 분리할 수 있는 가능성이 생긴다.

열쇠

• • • 어떤 형태의 사회에서든 — 가족 사회, 부족 사회, 국가 사회, 국제 사회 — 행복과 성공에 이르는 열쇠는 개개인이 얼마나 깊은 연민을 가지고 있느냐에 달려 있다.

Dalai Lama

수행

　···불교의 기본은 수행, 즉 자기 마음을 단련시키는 것이다. 오로지 신만으로 혹은 믿음이나 축복만으로는 수행이 완성되지 않는다. 물론 부처나 선지자의 축복이 아주 중요한 요소가 될 수는 있다. 하나, 자기를 정화시키려면 스스로 피나는 노력을 해야만 한다.

008_365

내적 변화

･･･우리는 지성을 통해서 확신을 갖게 되고, 확신을 갖게 되면 진정한 노력을 기울일 수 있다. 그리고 진정한 노력을 통해서 진실한 변화가 가능해진다. 그러나 어느 정도까지는 신앙심만으로도 내적인 변화를 경험할 수 있다.

Dalai Lama

009_365

인내심

• • • 당신이 인내심을 실천하면, 장래에 박식하게 될 뿐만 아니라, 일상생활에 있어서도 실질적인 이익을 경험하게 될 것이다. 그리고 마음의 평정을 유지함으로써 환희에 찬 생활을 영위하게 될 것이다.

영성 훈련

　• • • 나 같은 사람은 동정심과 종교 사상이 일치하지만, 종교를 믿지 않는 사람이라 할지라도 종교 사상과 관계없이 영성(靈性) 훈련을 할 수가 있다. 그러니 수도승이 아니더라도 얼마든지 영적인 사람이 될 수 있다. 누구나 필수적으로 동정심을 느끼는 연습을 해야 한다. 만일 내가 독재자라면, 모두에게 강제적으로 동정심을 느끼는 연습을 하도록 명령하겠다.

Dalai Lama

무엇을 위해 만들었나

• • • 종교, 이데올로기, 경제, 정치 제도는 모두 인간
이 만들어 낸 것이다. 이것들은 인간이 만든 것이므로, 우
리가 관심을 갖고 연습한다면 기본적인 인간의 열망은 얼
마든지 충족될 수 있다. 다양한 종교와 이데올로기는
인간을 위해 만들어진 것이지, 종교와 이데올로기를
위해 만들어진 것이 아니다.

조화 이루기

• • • 물질적인 발전만으로 이상 사회를 건설하기는 어렵다. 경제가 많이 발전한 나라일수록 정신적인 문제가 증가하고 있다. 아무리 법을 제정하고 압제를 가해도 사회 복지를 이루어 낼 수는 없다. 사회 복지란 사회를 구성하는 사람들의 내적인 태도에 달려 있기 때문이다. 그러므로 정신적인 발전과 물질적인 발전이 조화를 이루는 것이 가장 중요하다.

Dalai Lama

013_365

미완성

· · · 인간의 정신 발달 수준은 완성되지 않았다. 객관적으로 본다 해도, 우리의 내면에는 아직 계발할 것이 많이 남아 있다. 이것은 종교 사상과 무관하다. 이것은 영적인 것이다. 뇌의 능력은 깊은 명상을 통해서만 온전히 이용될 수 있다. 하지만 깊은 명상이 아닌 평범한 방법으로도 여러 가지가 탐구될 수 있다. 그러니 이런 관점에서 보면 인간은 미완성이다.

014_365

침묵

• • •때로는 어떤 말로서 남들에게 대단한 감명을 주기도 하지만, 때로는 침묵을 지키는 것이 오히려 더 깊은 인상을 심어주는 경우도 있다.

Dalai Lama

중요한 것

• • • 살아 있는 모든 것은 행복하기를 바라고 고생하는 것을 원치 않는다. 그런데 생물의 수는 무한한 데 비해 우리는 오직 하나씩뿐이다. 그러므로 모든 사람이 행복을 얻는 것이 나 혼자만의 행복을 얻는 것보다 중요하다는 사실을 분명히 인식해야 한다.

깊이 잠들기

• • • 꿈에서 의식을 뇌로 집중하면 꿈은 더욱 선명해진다. 반면에 의식을 심장으로 돌리면 잠을 더 깊이 자게 된다. 그것이야말로 수면제와 다름없다.

Dalai Lama

용서하는 법

•••적이라 판단되는 사람을 이해하려고 노력하면, 훨씬 더 건설적인 상황이 될 것이다. 용서하는 법을 배우는 것은 돌을 들어 분노의 대상에게 던지는 것보다 한결 쓸모가 있다. 화가 심하게 날수록 더욱 그러하다. 적대감이 클수록, 자기와 타인 모두를 위해 선한 일을 할 잠재력도 커지기 때문이다.

내면의 힘

　· · · 인내심을 키우려면 우리에게 상처를 주려고 안달하는 사람이 있어야 한다. 그런 사람들은 우리에게 참을성을 연습할 진짜 기회를 준다. 그들은 어떤 영혼의 스승도 할 수 없는 방식으로 우리 내면의 힘을 시험한다. 기본적으로 인내심은 우리를 낙담하지 않도록 보호해 준다.

Dalai Lama

방법의 중요함

• • • 한적한 곳에서든 복잡한 도시에서든, 우리는 모두 한 가지 목적 때문에 일하고 갈등한다. 그렇지만 목적을 성취하는 데 있어 방법이 더 중요하다는 사실은 깨닫지 못하곤 한다. 정말 중요한 것은 방법인 것을.

020_365

실수 줄이기

    •••그릇된 행동을 하고 나서 그게 잘못됐다는 것을 알게 되면, 그 행위를 누군가에게—실제로 혹은 상상 속의 신성한 존재 앞에서—털어놓고 앞으로 다시는 그러지 않으리라는 결심을 할 수 있다. 그렇게 하면 그릇된 행위의 영향이 감소된다.

Dalai Lama

021_365

자신의 가치

· · · 진실로 열린 마음을 가지면, 자연스레 자신감과 자신에 대한 가치를 느끼게 된다. 그렇게 되면 다른 이를 겁낼 필요가 없어진다.

집착의 폐해

···돈을 많이 벌려고 너무 애쓰는 것은 좋지 않다. 거기서는 진정한 만족을 얻을 수 없다. 일반적으로 누구나 만족감을 얻으려 하지만, 만족감에만 집착하는 것은 자살과도 같은 행위이다.

Dalai Lama

마음을 바꿔라

• • • 진정으로 종교에 귀의하려면 가르침의 의미를 알아야 한다. 불교에서 중요하게 강조하는 것은 마음을 바꾸라는 것이다. 그런 변화는 명상에 달려 있다. 제대로 명상하기 위해, 우리는 지식을 가져야 한다. 공동체 의식 또한 지식을 통해서 향상되어야 한다.

024_365

친절

• • • 친절이야말로 가족 생활을 평온하고 조화롭게 만드는 열쇠이다. 망명살이를 하는 가정에서는 더욱더 자녀를 제대로 교육시켜야 한다. 아이들이 집안의 첫 번째 수도승이 되어야 한다.

Dalai Lama

진정으로 존재하는 것은…

• • •꽃을 활짝 피우던 나무도 가을이면 벌거벗게 된다. 아름다움은 추해지고, 젊음은 늙어지며, 단점은 장점으로 변한다. 그 무엇도 똑같은 모습으로 남아 있지 않으며, 진정으로 존재하는 것은 아무것도 없다. 그래서 아름다운 외모와 내적인 공허감은 동시에 존재하는 법이다.

성공의 열쇠

···결단과 용기와 자신감은 성공의 열쇠가 되는 요소이다. 장애물과 난관이 있어도 단호한 결심만 있다면 우리는 일을 제대로 해낼 수 있다. 어떤 상황에 처하든지, 겸손하고 겸허하며 자만하지 않는 사람으로 남아야 한다.

Dalai Lama

027_365

장애물

· · · 거지가, 관용을 베푸는 데 있어 장애물이
된다고 말할 수는 없지 않은가.

공허한 칭찬

•••단순히 칭찬을 받는 것은 결코 실질적인 도움이 되지 못한다. 공허한 칭찬은 사람에게 복을 주는 것도 아니고, 수명을 늘려 주는 것도 아니다. 만약 원하는 것이 순간의 기쁨이라면 차라리 마약을 먹는 편이 나을 것이다.

Dalai Lama

인간적인 이해

· · · 폭력을 쓰면 원하는 것을 얻게 될지 모르지만, 그것은 다른 사람의 안위를 해치고 얻는 만족이다. 한 가지 문제는 해결될지라도, 그로써 새로운 문제의 씨앗이 뿌려지는 것이다. 문제 해결의 최선책은 인간적인 이해와 상호 존중을 통한 방식이다.

030_365

훈련하고 길들이기

• • •종교는 엄숙함과 규율, 쾌락에 대한 초연함과 자제력을 깨닫는 방법을 연습하는 것이다. 모든 해롭고 비윤리적인 상황은 보통 부주의한 육체와 말과 마음에서 비롯된다. 그러므로 육체와 정신과 말을 훈련하고 길들이는 것이 근본적으로 중요하다. 말 뒤에 따르는 모든 육체적인 실수를 고치고 없애는 것이 가장 중요하다.

Dalai Lama

종교가 필요한 사람

• • • 종교가 필요한 사람은 조용히 은둔하는 자가 아니라 정치가이다. 은자(隱者)가 나쁜 동기로 행동을 한다면, 그는 자기 외에 누구에게도 해를 끼치지 않는다. 하지만 사회 전체에 직접적으로 영향을 미치는 사람들이 나쁜 동기를 품고 행동한다면, 어마어마하게 많은 사람들이 해로운 영향을 입을 터이니.

개인의 행복

• • • 개인의 행복은 인간 공동체의 발전에 심오
하면서도 효과적인 방식으로 기여할 수 있다.

Dalai Lama

인간의 본성

• • • 해가 길어지고 날씨가 화창해지면, 풀은 싱그러워지고 사람들은 행복감을 맛본다. 반면 가을이 되면 나뭇잎은 낙엽으로 변한다. 아름다운 꽃과 나뭇잎이 생명력을 잃으면, 우리는 행복감을 맛보지 못한다. 왜 그럴까? 그것은 인간이 본성적으로 파괴를 싫어하고, 생성을 좋아하기 때문이다.

수행법

• • • 불교 수행법에는 기본적으로 세 가지 단계 혹은 과정이 있다. 첫 번째 단계는 생에 대한 집착을 줄이는 것이고, 두 번째 단계는 이 사바 세계에 대한 갈망과 집착을 끊는 것이다. 그다음 세 번째 단계는 자기 중심적인 사고를 잘라 버리는 것이다. 나는 올바른 수행의 결과로 정지 상태, 즉 니르바나(nirvana;열반)가 가능하다고 믿는다.

Dalai Lama

우주적 애타주의

   ···진정한 연민이란 단순한 감정상의 반응이 아니라, 이성에 기초한 굳건한 헌신이다. 그러므로 타인을 향해 진정으로 연민 어린 태도를 갖는다면, 상대방이 부정적으로 행동한다 해도 그 연민의 마음은 변하지 않는다. 우주적인 애타주의를 통해서, 우리는 다른 사람에 대한 책임감을 가질 수 있다. 타인이 적극적으로 자신의 문제를 극복하도록 도우려는 마음을 가질 수 있다.

고요하고 편안한 시간

· · · 진정한 내면을 발견하고 싶다면, 고요하고 편안한 시간을 만들려고 노력해야 한다. 더 깊은 내면에 대해 생각하고, 내면 세계를 찬찬히 바라볼 시간이 필요하다. 그렇게 하면 도움이 된다. 때때로 증오나 집착에 지나치게 얽매이게 되면, 자기 내면을 들여다보며 이렇게 물어보려고 노력하라. '집착이란 무엇인가? 분노는 어떤 성질을 갖고 있는가?'

Dalai Lama

고통의 특성

   • • • 고통은 내면의 힘을 성장시킨다. 또한 고통을 받고자 하면 그 고통은 사라지게 된다.

인간의 기본 성품

· · · 인간의 본성이 공격적이라면, 우리는 매서운 발톱과 커다란 이빨을 갖고 태어났을 것이다. 그러나 우리의 치아는 매우 짧고 예쁘고 약하지 않은가! 또한 입도 아주 작지 않은가! 그것은 우리가 공격적인 존재가 되도록 준비되지 않았다는 뜻이다. 그러니 인간의 기본 성품은 부드럽다는 게 나의 생각이다.

Dalai Lama

의식의 주인

••• 태내에 있는 동안은 자아의 기본 토대가 되는 물질 ― 난자와 정자 ― 까지도 부모의 것이요, 독립적인 것이라 말할 수 없다. 몸은 부모로부터 오지만, 그 몸에 의식이 들어가는 순간 새 사람의 몸이 된다. 그러니 태아는 다른 두 사람에게서 나온 배아로 구성되어 있지만, 뒤섞인 세포에 의식이 들어서는 순간 그 세포는 그 의식의 것이 된다.

방해

• • • 완전히 의식이 깨이지 않은 한, 온전하지 않은 한, 깨달음을 얻는 데 내면의 방해가 있을 것이다. 또 그로 인해서 다른 이를 돕는 일이 불완전하게 될 것이다.

Dalai Lama

젊은이들에게

• • •57억의 인구 중 나를 포함한 나이 든 세대들은 이 세상과 작별할 준비를 하고 있다. 젊은 세대가 미래를 책임져야 한다. 그러니 부디 여러분이 짊어진 책임감을 깨닫고 여러분의 잠재력을 발휘하기 바란다. 또 자신감을 갖기 바란다. 마음을 열고, 세상을 돌볼 마음을 갖고, 세상 사람과 연대감을 느끼기 바란다. 젊음이 갖는 싱그러움과 강인함이 그저 그렇게 희미해져서는 안 된다. 여러분은 이런 열정을 마음에 품어야 한다.

나태

· · · 나태는 영적 수행의 정진을 막는다. 우리는 세 가지 종류의 나태에 빠져들 수 있다. 우선 게으름이라는 나태가 있다. 이것은 자꾸 꾸물거리고 싶은 욕망이다. 그리고 자기 능력에 회의를 품는 열등감이라는 나태, 부정적인 행동에 집착하거나 부도덕한 것에 큰 힘을 쏟는 나태가 있다.

Dalai Lama

진짜 용기

••• 이상적으로 말하자면, 사람은 큰 용기와 강인함을 지녔더라도 뽐내거나 자랑하지 말아야 한다. 그리고 곤란한 시기가 오면, 분연히 떨치고 일어나 옳은 바를 위해 용감하게 싸워야 한다.

이런 스승

• • • 친절하고 매력적이고 강인하고 건강한 사람이 젊어서 세상을 떠나는 경우가 있다. 그런 이들은 우리에게 인생이 유한하다는 사실을 가르쳐 주는 스승이다.

Dalai Lama

꿈꾸는 동안

• • •우리는 꿈꾸는 동안 다양한 명상을 행한다. 이런 수행을 하다 보면, 어떤 수준에 이르러 의식과 육체가 분리되어 몸과 마음이 나뉜 상태에 이를 가능성이 있다. 예를 들어, 사람은 잠자는 동안 몸과 마음을 분리시켜서 평소의 몸속에서는 할 수 없는 일을 할 수 있다. 하지만, 색다른 일을 한다 해도 보상을 받지는 못하리!

건강한 마음

• • • 마음은 육체와 정신의 건강에서뿐만 아니라 일상에서도 중요한 역할을 한다. 어떤 사람이 고요하고 안정된 마음을 갖고 있다면, 이것은 다른 이와 관계를 맺을 때의 몸가짐과 처신에 영향을 준다. 즉, 평온하고 고요한 마음 상태로 지낸다면, 외부의 환경 요인은 큰 영향을 미치지 못할 것이다.

Dalai Lama

어머니의 사랑

• • • 거의 대부분의 사람은 평화로운 삶에 대한 첫 교훈을 어머니에게서 얻는다. 사랑에 대한 욕구는 인간 존재의 맨 밑바닥에 자리하고 있기 때문이다. 그리고 유년기 때는 어머니의 보살핌에 온전히 의지한다. 그러므로 어머니가 사랑을 표현해 주는 것이 어린아이에게는 대단히 중요하다. 적당한 애정을 받지 못하고 자란 아이들은 나중에 다른 사람을 사랑하는 데 어려움을 느끼게 된다.

048_365

집착

• • • 내면에서 물질에 대한 집착을 일으켰다면, 현상의 진정한 본질을 이해하지 못하고 있는 것이다. 사물의 진정한 본질을 깨닫는 것만이 초연하게 될 수 있는 유일한 길이다.

Dalai Lama

세 가지 독

• • • 티베트 의학의 일반론을 살펴보자. 티베트 의학에서는 사람의 생리 현상을 세 가지 체액―호흡, 담즙, 점액―으로 나누어 설명한다. 그럼 신체 장애는 어디서 비롯되는 걸까? '세 가지 독' 때문이다. '세 가지 독'이란 집착과 분노와 무지이다. 이와 같은 원초적인 고뇌로 인해 호흡과 담즙과 점액의 균형이 깨질 때 몸에 이상이 생긴다는 것이다.

마음의 본질

　• • •마음 상태의 무게와 밝기에 따라 노예 상태도 되고 진정한 자유를 누리는 상태도 된다. 명상가들은 다양한 명상법을 통해, 이런 궁극적인 마음의 본질이 모두 드러나도록 애쓰는 것이다.

Dalai Lama

051_365

후회 없는 삶

· · · 고귀한 일은 저마다 난관과 장애에 봉착하게 마련이다. 때문에 자기가 세운 목표와 동기를 찬찬히 점검하는 일이 중요하다. 이때는 매우 진실하고 정직하며 합리적인 자세를 가져야 한다. 그 행위가 다른 사람뿐 아니라 자기를 위해서도 선한 일이어야 한다. 일단 긍정적인 목표를 택한 후에는, 그것을 끝까지 줄기차게 추구할 결심을 해야 한다. 그렇게 하면 목적이 실현되지 않는다 하더라도, 후회는 없을 것이다.

한계

· · · 모든 것에는 한계가 있는 법. 돈을 벌려고 과하게 힘쓰는 것은 좋지 않다. 지나친 만족감 또한 좋지 않다. 원칙적으로 만족감을 추구해야 하지만, 만족감만 있다면 그것은 자살과 다름없다.

Dalai Lama

053_365

분노

· · ·우선 소망이 이루어지지 않으면 짜증이 난다. 그러나 계속 낙심하고 있으면 그 소망을 이루는 데 아무런 도움이 되지 않는다. 그리되면 소망을 이루지도, 즐거운 마음을 갖지도 못하지 않는가! 이런 좌절감은 그 속에서 분노가 자랄 수 있으므로, 더할 수 없이 위험하다. 행복한 마음의 틀이 망가지게 내버려 두면 안 된다. 우리가 현재 고통을 겪고 있을지라도, 그것이 우리가 불행해야 할 이유는 아니다. 고통과 불행은 다른 것이다.

지식인이란

• • •지식인은, 단순히 말할 때가 아니라 배운 것을 실제 행동으로 옮길 때 고귀해진다.

Dalai Lama

055_365

마음에 담아 둘 것

　　• • • 급변하는 세상에서, 우리가 마음에 담아 둘 중요한 두 가지가 있다. 하나는 자기 점검이다. 다른 이에 대한 자기 태도를 점검하고 또 점검해야 한다. 그리고 내가 합당하게 처신하고 있는지 계속 점검해야 한다. 다른 이를 손가락질하기에 앞서 그 손가락을 자신에게 돌려야 한다. 자기 잘못을 인정할 준비를 하고, 옳은 방향으로 고쳐 나가는 것이 두 번째 중요한 점이다.

의식

　　• • • 경험으로 인해 '의식'이 무엇을 함축하며, 또 그게 무엇인지 이해할 수 있게 된다. 의식이란 마음에 장애가 없는 현상이다. 물질과는 상관없는 것이기도 하다. 의식은 광휘라는 특성을 가진다. 어떤 사물이라도 그 사물의 측면에서 그것을 반사하는 것이다. 의식은 수정 구슬과 비슷하다. 색깔 있는 표면에 수정 구슬을 놓으면 우리 눈은 구슬의 무색 투명함을 볼 수 없지만, 일단 그 표면에서 집어 들면 구슬이 본연의 투명함 그대로 보이는 것과 같은 이치이다.

Dalai Lama

지혜로운 사람

• • • 수행에 가장 적합한 사람들은 지성적 재능을 타고났을 뿐만 아니라, 오로지 한 길에 신앙심과 헌신을 갖고 있으며 지혜로운 이들이다. 이런 사람들은 정진 수행을 가장 잘 받아들인다. 두 번째 부류는 지성은 특별히 뛰어나지 않지만 바위처럼 흔들림 없는 신앙심을 가진 이들이다. 마지막으로 운 없는 수행자 부류가 있다. 이들은 지성적으로는 대단히 뛰어나지만 늘 회의와 의심에 빠져 질질 끌려다닌다. 꾀는 있지만 주저하고 회의하는 경향이 있어서, 제대로 자리 잡지 못하는 부류이다. 이런 사람들은 정진 수행을 잘 받아들이지 못한다.

불교의정의

· · · 불교의 특징은 기본적으로 인본주의적이라는 점이다. 불교에서는 우리의 삶이 직면하는 문제에 대해 정의를 내리고, 해결책을 제시하려 애쓴다. 세상의 다른 종교들과 달리, 불교는 신이라는 개념에 따른 종교가 아니다. 불교는 인간이 득도하는 방법에 대해 말하는 종교이다.

Dalai Lama

인과 관계

• • • 다른 이들과 관계를 맺는 것이 자신의 통찰력을 키우는 데 도움이 된다는 생각은 참으로 옳다. 사랑과 애착이 뒤섞인 가까운 관계에서는, 그 관계가 수행하는 개인에게 얼마나 큰 도움이 되는지 이루 다 말하기 어렵다. 하지만 상대방에게 집착하고 매달리는 관계, 상대방이 몹시 강한 대상이자 집착 대상인 관계는, '나'를 강하게 의식하는 데서 비롯된다. '난 이 사람을 사랑해, 이 사람을 꼭 붙들거야'라는 식이다. 이런 양상은 결국 자아에 대한 거짓된 생각에서 비롯된다. 이 모든 것을 깨닫게 된다면 집착에서 벗어나 자신의 마음을 비울 수 있을 것이다.

말과 행동

· · · 인간은 말과 행동을 제멋대로 나오게 내버려 둬서는 안 된다. 조련사가 거칠게 날뛰는 말을 조련시켜 침착하게 만들듯 말과 행동 또한 길들여야 한다.

Dalai Lama

061_365

편안한 마음

•••우리가 경험하는 모든 것이 복잡한 연유와 상황이 얽히고설킨 결과라는 점을 고려한다면, 어떤 한 가지를 두고 바라거나 통탄할 필요가 없다. 집착과 분노를 일으킬 필요는 더더욱 없다. 이런 식으로 통찰하면 우리 마음은 활짝 열리고 한결 편안해진다.

진정한 적

· · · 진정한 적은 분노와 증오심이다. 우리가 당당하게 맞서 물리쳐야 할 적은, 이따금씩 우리의 삶에 나타나는 일시적인 적이 아니라, 바로 분노와 증오심이다.

Daldi Lama

063_365

문제 해결

··· 오늘날 우리는 많은 문제들을 순간적으로만 해결하려 애쓰지, 진정한 원인을 찾아서 고치려 하지 않는다. 그것은 병의 근본 원인을 알아보지 않고, 겉으로 드러난 상처만 치료하려는 것과 똑같은 태도이다.

바보

· · · 인생을 자기 중심으로 살면서 자신의 이익을 위해 다른 사람을 이용하려 한다면, 당장의 이익을 얻는 데는 성공할지 몰라도 진정한 행복을 얻을 수는 없다.

Dalai Lama

바보

• • • 어떤 지위에 오르기 위해서 많은 돈을 쏟아붓고 심지어 친구들을 속이는 사람도 있다. 이것은 아주 바보 같은 짓이다. 그들이 성취한 지위와 명성은 그들의 인생에 그다지 도움이 되지 못하며, 장래의 삶을 위해서도 아무런 구실을 하지 못한다. 우리가 유명해지더라도 행복해지지 않으며, 남들이 우리를 험담한다고 해도 불행해지지 않으니까.

내면의 빛

• • • 정직함, 진지함, 착한 마음 같은 좋은 인성은 돈으로 살 수도, 물리적으로 만들어 낼 수도 없다. 그것은 다만 마음 그 자체에서 생겨날 따름이다. 이것을 '내면의 빛'이라 부를 수 있을 것이다.

Dalai Lama

067_365

인내심

···인내심을 키워야 하지만, 조급함 또한 나름의 구실을 한다. 조급한 사람이야말로 행동하는 사람이 될 수 있다. 하지만 그 행동이란 청소나 걷기와 같은 사소한 일이다. 훨씬 더 큰 문제를 앞에 두었을 때는 인내심을 갖는 것이 중요하다.

장점

· · · 누군가 내게 큰 피해를 입히거나 상처를 주더라도, 먼저 그 사람의 장점을 생각해야 한다. 그러면 그 사람에게 좋은 감정을 느낄 수 있다.

Dalai Lama

069_365

이기심

···'종교'란 말의 라틴어 어원은 '다시 묶는다'이다. 종교란 이기심을 버리고 다시 마음을 묶는 것이다. 모든 종교가 공동으로 삼는 적이자, 위대한 스승들이 준 경계의 대상이 바로 '이기심'이다. 이기심이야말로, 세상의 모든 문제의 근원인 무지와 미움과 욕심을 일으키는 근원이다. 이기심을 버리고 남을 사랑하는 마음으로 다시 자신의 마음을 묶어라.

본심

　•••경전에 따르면, 인간 심성은 기본적으로 순수한 성질을 가졌다고 한다. 이 정결한 기질을 '본심(本心)'이라고 부른다. 청아한 빛을 가진 심성이 번민으로 인해 그 본질을 드러내지 못할 때, 그 사람은 윤회에 붙잡힌다. 하지만 알맞은 명상과 수행을 하면, 고뇌에서 벗어나 본심의 청아한 빛을 온전히 경험할 수 있게 된다. 그래서 진정한 자유와 완전한 깨달음으로 나아갈 수 있게 되는 것이다.

Dalai Lama

분노

• • • 불교 경전에 따르면, 무의식적인 분노는 정신적인 불행이나 불만에서 비롯된다고 한다. 이것은 분노와 적대감의 원천이다. 그것은 현실을 완전히 곡해하여 자신을 망가뜨리고, 본심의 청아한 빛을 찾지 못하게 한다.

긍정적 사고

• • • 동정심, 인내심, 이타심은 우리에게 행복과 평
온을 가져다준다. 그러므로 그런 요소는 기본적으로 영성
(靈性)이 있다고 할 수 있다. 종교는 그다음에 온다. 사실
종교는 자신의 만족을 위해 있는 것이며, 행복의 궁극적인
원천이다. 종교는 단순히 정신적인 행복의 요소를 강화하
려 애쓴다. 긍정적인 사고야말로 내가 생각하는 영성
의 개념이다.

Dalai Lama

명상

· · · 과학 기술에 힘입어, 오늘날 우리의 지식은 하루가 다르게 넓어지고 있다. 하지만 서구 세계는 인간의 마음과 깊은 내면의 본성에 대해 아는 바가 거의 없다. 의식이란 형태가 없으므로 만질 수도, 도구를 이용해서 측정할 수도 없기 때문에 그런 현상이 일어난다. 오로지 명상 같은 방법을 통해서만 의식에 접근할 수 있다.

과거, 현재, 미래

• • • 과거와 미래 사이에는 극도로 얇은 선이 있다. 이것은 나누는 것이 불가능할 정도로 가는 선이다. 과거와 미래는 이 가는 선으로 현재와 연결되어 있다. 그러니 현재라는 자리를 잡을 수 없다면, 과거와 미래라는 자리는 어떻게 잡을 수 있겠는가? 현재와 과거와 미래는 서로 기대어 있다.

Dalai Lama

연민

··· 연민 그 자체는 평화롭고 상냥하고 부드럽지만, 한편으로 대단히 강력하기도 하다. 내면이 흔들리는 불안정한 사람들은 인내심이 없는 사람들이다. 내가 보기에, 화를 벌컥 내는 것은 자기가 약하다는 사실을 단적으로 보여 주는 것이다.

인연으로 인해

· · · 인류의 진화가 완전히 환경, 유전자와 염색체의 변이 등등의 문제라면, 인연이 들어갈 자리는 없을 것이다. 물리적인 조건에 의해 모든 결과를 예견할 수 있으므로 인연이 개입할 여지는 전혀 없는 것이다. 하지만 세포는 점점 더 복잡하게 진화되고, 그렇게 해서 인간으로 변한다. 부모의 유전자에 기초해서 한 사람으로 형성되려면 여러 가지 선택 조항이 따르는데, 그 수가 무려 70조 가지에 이른다고 한다. 한데 인간은 그 가운데 한 가지 조항만 취하게 된다. '왜?'라는 질문을 던진다면, 그때는 '인연으로 인해'라고 말할 수밖에 없다.

Dalai Lama

행복

· · · 행복은 마음이 편안한 상태이다. 몸은 편안하지만 마음이 혼란스럽고 흥분된 상태라면, 그것은 행복이 아니다. 행복이란 마음의 평정을 뜻한다.

소유에의 욕망

• • • 성욕을 정의하면, 뭔가를 원하는 것이다. 성욕은 타인을 소유하는 것으로 충족된다. 소유는 자기 마음의 환각이 정신적으로 투사된 것이라 볼 수 있다. 우리는 타인을 소유하는 상상을 한다. 욕망을 품는 순간에는 모든 것이 그럴듯하고 바람직하게 보인다. 어떤 장애도 보이지 않고, 억제할 이유도 없는 듯하다. 욕망을 품었던 대상은 아무런 단점도 없으며, 오로지 칭송받을 가치만 있는 것처럼 여겨진다. 그러나 소유하고 나면 모든 게 변한다. 일단 욕망이 사라지면―스스로 이젠 만족한다고 생각하든, 시간이 지나면서 욕망이 희미해졌다고 여기든―시각이 달라지게 된다. 이런 변화를 두고 깜짝 놀랐다고 인정하는 이들도 있다. 이제 각자는 상대방의 진정한 면모를 발견한다. 결혼이 그렇게 많이 깨지고, 다툼이 일어나고, 법정 소송까지 가는 큰 증오가 생기는 것도 다 이런 이유 때문이다.

Dalai Lama

남의 탓

• • • 우리는 자기 자신에 대해, 혹은 자신의 이미지에 대해 만족하는 경향이 있다. 자기 자신은 너그러운 눈으로 바라본다. 불쾌한 일이 일어나면 언제나 다른 사람 탓으로, 혹은 운명 탓으로 돌린다. 귀신이 씌었다거나 신을 원망하기도 한다. 부처는 자기 속으로 파고들라고 가르쳤건만, 우리는 그렇게 하지 않으려고 버둥댄다.

080_365

꿈

· · · 해야 할 일이 겁나도록 많은 것처럼 보인다. 만일 우리가 꿈 전부를 분석해야 한다면, 아마 꿈꿀 시간이 없어질 것이다.

Dalai Lama

081_365

탐욕

　• • •영적인 기본 바탕을 충분히 갖고 있는 사람이라면, 기술의 유혹과 미친 듯 몰아치는 소유욕에 압도당하지 않을 것이다. 그런 사람은 과하게 요구하지 않고 균형 잡는 방법을 터득하고 있으며, 또 어떻게 말해야 하는지 안다. '난 카메라를 갖고 있으니 그걸로 족해. 다른 카메라는 필요 없어.' 탐욕을 향해 문을 활짝 열어 놓는 것이야말로 위험한 일이다. 탐욕은 우리 인간의 가장 무자비한 적이니까. 마음이 진짜로 제구실을 해야 되는 대목이 바로 여기이다.

완전한 덕목

· · · 보살이 여섯 가지 완전한 덕목 ― 관대함, 윤리 의식, 인내심, 환희에 찬 노력, 집중, 지혜 ― 을 성공적으로 이루기까지는 동료 성도의 협조와 친절한 마음이 대단히 중요하다.

Dalai Lama

083_365

채식주의자 1

· · · 예전에는 차를 운전해서 공항이나 다른 곳에 갈 때 거리나 상점, 혹은 식당 앞에 통닭구이를 걸어 놓은 광경을 본 적이 없었다. 한데 요즘은 어디서나 그런 광경을 본다. 도대체 어쩌자고 죽은 닭을 줄줄이 걸어 놓는 걸까? 티베트에 살면서 철저한 채식주의자가 되기란 불가능하다 해도, 동물을 잡는 것은 혐오스러운 일이다. 그래서 나는 가능한 한 야채와 과일만 먹는다.

084_365

영원성

• • • 전지전능함을 실현하려면 특별한 마음을 가져야 한다. 지속성과 영원성을 갈구해야 한다. 다른 마음이어서는 안 된다. 망상이나 고뇌의 감정, 더럽혀진 마음 상태는 우발적으로 일어나는 현상이다. 이런 상태는 어떤 순간에 일어나지만 곧 사라지고 지속되지 않는다.

Dalai Lama

마음의 정화

••• 고뇌는 다양한 원인과 조건에서 비롯된다. 하지만 우리가 느끼는 고통과 고뇌의 뿌리는 우리 자신의 무지와 수행되지 않은 마음 상태 때문에 생겨난다. 우리가 추구하는 행복은 자기 마음의 정화를 통해서만 얻을 수 있다.

상호 의존

• • •이 세상에서 우리는 국가간의 상호 의존, 인간과 동물 간의 상호 의존, 인간과 동물과 세상 간의 상호 의존을 명확히 인식할 필요가 있다. 모든 게 상호 의존적인 특성을 가진다. 나는 많은 문제는, 특히 인간이 만들어 낸 문제는 이런 상호 의존적인 성질에 대한 지식이 부족하기 때문에 발생한다고 생각한다.

Dalai Lama

마음 단련하기

• • • 마음의 단련을 위해 요가 수행과 특별한 명상 기법을 적용하면 건강에도 좋은 효과를 거둘 수 있다. 이는 육체와 정신, 우리 몸 안의 특별한 생리적인 중심이 서로 연관되어 있기 때문이다.

명상하라

• • •윤회의 덫에 걸려 다시 태어나지 않으려면, 명상하라. 정진 중에는 머리에 붙은 불을 끌 시간도 없다. 명상하고 또 명상하라.

Dalai Lama

부처의 가르침

• • • 우리가 부처를 믿을 만한 스승으로 보는 것은, 네 가지 고귀한 진실이라는 부처의 기본 가르침을 연구하고 조사한 것을 기반으로 해서이다. 그리고 우리가 부처를 의존할 만한 스승으로 보는 것은 그 가르침의 효용성을 알고 신뢰하게 된 이후이다.

진정한 자비심

· · · 자비심의 중요한 일면은 다른 이들에게 의식주를 나눠 주는 것이지만, 여기에는 한계가 있다. 그런 자비 행위만으로는 온전한 만족감을 얻지 못한다. 우리는 경험으로 안다. 마음이 점차 순화되면 점점 행복감이 싹트게 된다는 것을. 다른 사람도 마찬가지이다. 그러므로 다른 사람들에게도 행복을 얻기 위해서 어떻게 수행해야 하는지 파악하게 해주는 것이 가장 중요하다. 진정한 자비심은 물질을 나눠 주는 것이 아니라, 마음이 행복해지는 방법을 가르쳐 주는 것이다.

Dalai Lama

091_365

진정한 평화

···평화는 인권이 존중되는 곳에서만 지켜질 수 있다. 국민이 굶주리지 않고 개인과 민족이 자유로운 곳에만 오직 평화가 있다. 평화는, 배가 고프거나 추워서 죽어 가는 사람에게는 가치가 없으며, 양심수로 갇혀 지내는 사람의 고통을 덜어 주지도 못한다.

멀리 보기

· · ·선량한 사람이 고생을 하고 마음 나쁜 사람들이 온갖 이익을 취하면서 잘산다고 보는 것은 근시안적인 생각이다. 또한 그것은 급하게 내린 결론이다. 찬찬히 잘 따져 보면 고통을 안겨 주는 자들은 절대 행복하지 않다. 착하게 행동하고 자기가 한 일에 대해 책임지며 긍정적인 삶을 영위하는 편이 훨씬 행복하다.

Dalai Lama

성공의 원천

· · · 가장 큰 평온은 사랑과 연민을 키워가는 데서 나온다. 다른 이를 사랑하면 사랑할수록 자기 마음은 더 풍요로워진다. 다른 이에게 친근하고 따뜻한 감정을 갖게 되면 저절로 마음이 느긋해진다. 그것이야말로 인생에서 궁극적인 성공을 거두는 원천이다.

본성

· · · 서양의 과학과 동양의 철학이 합해질 수 있다면, 완벽하고 온전한 인류를 만들어 낼 수 있다. 인간은 오직 이 방법을 통해서만, 현재 상황을 이겨 내고 온전하게 될 수 있다. 솔직히 가장 관심이 쏠리는 것은 물질과 의식이 아니라, 정말 가장 중요한 것, 우리 본래의 모습(本性)을 찾는 일이다.

Dalai Lama

마음의 문

· · · 나는 '마음을 연다'는 것을 실제로 문을 여는 것과 똑같다고 이해한다. 마음의 문은 별 어려움 없이 수월하게 열 수 있다. '자유' 역시 마찬가지이다. 마음이 자유로워지고 활짝 열리면 새로운 아이디어를 많이 갖게 되고, 그러면 자기 에너지를 더 많이 내주고 싶어진다. 그래서 각자 다른 이를 돕게 된다. 이것은 대단히 쓸모 있고, 또 대단히 필요하다. 특히 요즘 같이 험한 세상에는.

깨달음

··· 커다란 깨달음은 문제의 작은 파편들에 주로 의지한다. 그보다 작은 깨달음은 한결 독립적이어서, 그 의식에 의존하지 않아도 된다. 부처가 되면, 커다란 마음은 완전히 사라진다. 작은 마음의 상태 ― 빛남, 광휘, 긴박함― 는 가장 깊은 깨달음인 맑은 빛 속으로 사라진다.

Dalai Lama

번민

   ···온전히 법을 깨우친 석가는, 번민에서 해방되
는 길인 불법을 가르쳐 주는 것밖엔 우리에게 해줄
수 있는 일이 없다고 잘라 말했다. 그 법을 실천하는
것은 우리에게 달려 있다고. 우리의 실천 여부는 자기 책
임이 아니라고 발을 뺐다! 석가는.

보시

··· 지각력이 있는 사람이라면 보시란 말만 들어도 생명을 되살릴 수 있다. 보시는 그런 약이다. 다른 이가 필요로 하는 것이 있을 때 보시를 베풀면, 그 부산물로 자기가 필요로 하는 것을 고스란히 얻을 수 있다.

Dalai Lama

긍정적 변화

· · · 자기 몸과 마음을 실험실로 생각하고, 정신 기능에 대해 철저히 연구하라. 자기 내면에서 긍정적인 변화를 일으킬 가능성이 있는지 샅샅이 점검해 보라.

마음의 평화

··· 보시 같은 수행을 하면, 죽음의 시간이 닥쳐왔을 때 평온한 마음을 가질 수 있다. 마음에 있어 죽음의 시간은 몹시 중요하다. 그 시간에 강한 긍정적인 효과를 남길 수 있다면, 대단히 강력한 힘이 되어 내생에서도 긍정적인 경험을 계속하게 될 것이다.

Dalai Lama

이타심

• • • 경쟁이 심한 사회가 되다 보니, 어떤 상황에서
는 진솔한 사람이 이용당하기도 한다. 누군가 날 나쁘게
이용하게 두면, 그 사람은 옳지 못한 행위를 하게 되고 악
업을 쌓게 되어 장래에 큰 해를 입게 된다. 그러므로 그가
죄를 지어 업보를 쌓지 않도록 맞서 대항하는 것이
마땅하다. 이타심을 갖고서.

세 가지 덕목

••• 가르침을 깨우치게 하는 세 가지 덕목이 있다. 객관성, 이는 마음을 연다는 뜻이다. 지성, 이는 부처의 가르침을 살핌으로써 진정한 의미를 분별해 내는 중요한 재능이다. 마지막으로 헌신, 이는 열심히 임하는 마음을 뜻한다.

Dalai Lama

문제의 근본

• • • 과거의 괴리감이 경쟁과 대립 구도를 가져왔다. 하지만 지금 우리는 더욱 상호 의존하고 있다. 그러므로 서로 의사 소통해야 하며, 대화하고 계속 타협해야 한다. 진짜 문제를 일으키는 장본인을 탐색해서 쏴버릴 총알을 갖는 것도 좋은 일일 것이다. 그런데 진짜 문제를 일으키는 장본인은 바로 우리 내면이다.

다양함 속의 궁극점

· · · 불교는 새 세상에 뿌리를 내릴 때마다, 다양한 형태로 받아들여졌다. 부처 스스로 장소와 가르침을 받는 사람들의 상황에 따라 다르게 가르쳤다. 그러므로 우리 모두에게는 불교의 정수를 취해 자기 삶에서 수행해야 할 크나큰 책임이 있다.

Dalai Lama

공이란

• • • 공(空)이란 예속적인 마음의 산물이라는 맥락으로 이해해야 한다. 그것은 충만감을 자아낸다. 즉 인과응보에 의해 생겨난 것으로 마음이 가득 차는 느낌을 자아낸다. 자아를 원래 그 자리에 있는 것, 명상으로 없앨수 있는 것으로 보면 안 된다. 자아란 애초에 존재하지도 않았다.

보리수 나무

· · · 자연 환경은 우주에 사는 모든 존재의 생명을 지탱해 준다. 석가모니가 사는 동안 일어난 중요한 사건은 나무와 연관해서 설명할 수 있다. 석가모니의 어머니는 나무를 부여잡고 석가모니를 낳았다. 또 석가모니는 나무 아래 앉아 있다가 깨달음을 얻었다. 그리고 마지막으로 위에서 나무들이 내려다보는 가운데, 석가모니는 숨을 거두었다.

Dalai Lama

고마운 사람

• • • 무슨 말을 하든지 명확하게 요점만 간단히 하자. 집착이나 증오심에 휘둘리지 말고, 차분하고 상냥한 목소리로 말하자. 다른 이들을 친절한 눈빛으로 바라보며 이렇게 생각하자. '나를 깨달음의 경지에 이르게 해주니, 이 사람들이 고맙구나.'

인내심

　··· 우리가 매사에 조심스레 삼간다면, 평소
너무 고통스럽게 여겨지던 것들도 그리 나쁘게 보이
지는 않을 것이다. 그러나 인내심을 발휘해 참지 않으면
아무리 작은 일이라도 도무지 참아 낼 수 없게 된다. 모든
일은 마음먹기에 달려 있다.

Dalai Lama

인간의 품성

• • • 명상이 우리에게 주는 가르침 한 가지. 천천히 자기 속으로 내려가 보면 언제나 마음 안에 평온이 깃들여 있다는 것. 그 평온이 숨어 있거나 가려지거나 훼방당하는 경우가 자주 있지만, 누구나 평온하고자 하는 깊은 욕망을 갖고 있다. 잘 살펴보면 인간의 품성이란 하나같이 선량하고 남에게 도움이 된다. 화합 정신이 점점 고조되고 있는 요즘, 함께 조용히 살고자 하는 열망이 점점 강해지고 있는 듯하다. 그런 마음이 점점 널리 퍼지고 있다.

모든 것은 자신에게 달려 있다

• • •내가 이런 말을 하면 놀라겠지만, 난 폭력과 범죄가 난무하는 광경에 분노하지 않는다. 모든 것은 자기가 거기서 받는 교훈에 달려 있으니까.

Dalai Lama

마음이 먼저다

•••일상생활에서 선량한 마음은 매우 중요하고 또 좋은 효과를 발휘하기도 한다. 자녀가 없는 가족이라 해도 가족간에 따뜻한 마음을 갖고 있으면 평화로운 분위기가 넘쳐 날 것이다. 하지만 가족 중 한 사람이 화를 내면 곧 집안에는 팽팽한 긴장감이 돈다. 좋은 음식이나 근사한 자동차가 있어도 평화와 차분함이 없어지고 만다. 그러므로 모든 것은 물질보다 마음에 달려 있다. 물질도 중요하다. 그것도 인정해야 한다. 하지만 물질은 적절히 써야 한다. 이제 우리는 좋은 머리와 선량한 마음을 한데 합해야 한다.

유기적 관계

· · · 기근, 실직, 비행, 불안, 상식에서 벗어난 태도, 각종 전염병, 마약, 정신병, 절망감, 테러리즘 같은 일상생활에서 당하는 문제는 어느 민족에게나 마찬가지이다. 부유한 국가에서도 이 모든 문제가 일어날 수 있다. 모든 것은 한데 얽혀 있으며, 서로 떼어 낼 수 없다.

Dalai Lama

연대감

· · · 생리적 차이와 문화적 차이가 사람들을 구분하게 하지만, 내가 보기에는 오히려 그런 차이가 사람들을 한데 엮어 준다. 세계사가 보여 주듯, 문화의 차이에 관한 이론들은 허무맹랑하고 유해하다. 문화의 차이를 강조해 봤자 피비린내 나는 난국에 빠지게 될 뿐이다. 오늘날, 특히 세계가 하나로 다가오는 이때, 나는 사람들에게서 깊은 연대감을 느낀다. 앞으로의 세상은 이 연대감을 출발점으로, 그리고 기본 정신으로 삼아야 한다.

광고

   ···광고도 좋은 취지로 쓰인다면 가치가 있다. 부처는 깨달음이나 해탈을 광고했다. 합리적이고 여러 사람에게 이익이 되고 선하다면 좋다. 하지만 사리사욕을 채우기 위해 속이고 착취하거나 오도하는 광고라면 그건 좋지 않은 일이다.

Dalai Lama

수행자의 길

··· 즐거움이 별로 없는 숲속에 사는 수행자 또한 굳건한 마음으로 수행에 정진하는데, 하물며 속세의 좋은 환경에서 사는 사람이 굳건한 마음을 세우고 순수한 구도의 길을 가야 한다는 것은 두말할 나위가 없다.

가르침

· · · '부처의 가르침이 꽃핀다'라는 말은 그의 가르침이 우리의 정신에서 꽃피어야 한다는 의미를 담고 있다. 그의 가르침을 마음속에서 갈고 닦을 때, 그 가르침은 꽃을 피울 수 있을 것이다. 가르침은 겉으로 일어나는 것이 아니라, 사람의 마음속에서 일어나야 한다.

Dalai Lama

깨달음

· · · 업과 해탈은 기본 연속이 다르게 나타난 것에 불과하다. 그러니 깨달음의 연속성은 늘 존재한다. 이 것이 탄트라 혹은 연속성의 의미이다.

믿음의 초석

· · · 병자가 신자라면, 믿음을 지킴으로써 병고를 내적 성장을 이루는 초석으로 삼을 수 있다. 병자가 신자가 아니라면, 친지들은 최대한 동정심을 보여 주고 병자의 아픔을 함께 나누어야 한다.

Dalai Lama

죽음의 과정

· · · 죽어 가는 과정은 체내의 요소가 해체되는 것으로부터 시작된다. 거기에는 여덟 단계가 있다. 맨 먼저 흙, 다음에는 물과 불 그리고 공기가 해체된다. 그다음에는 색으로 나타나는 네 단계를 경험하게 된다. 흰색이 나타나다가 빨간색이 많아지고, 다음에는 검정에 가까워지다가 결국 죽음이라는 맑은 빛이 된다. 명상중, 수행자는 이 해체 과정을 경험할 수 있게 된다.

영성 생활

· · · 요즘 세상은 점점 물질 위주로 변해 가고, 인류는 외면적인 성장을 향해서 줄기차게 달리고 있다. 만족할 줄 모르는 권력욕과 무시무시한 소유욕에 휘둘려 극점을 향해 치닫는다. 그러나 모든 게 상대적인 세상에서 다 가지려고 애를 써봤자 무슨 소용이 있는가. 마음속 평화와 행복에서 점점 더 멀리 떨어져 나가 헤매기만 할 뿐인 것을. 그 증거도 분명히 있다. 거대한 공룡 같은 무기가 판치는 이 세상에서, 엄습해 오는 초조감을 안고 살다 보면 아귀와 같은 지금의 우리 모습처럼 되지 않을 도리가 있는가. 영성 생활을 행복과 평화를 세우는 단 하나의 디딤돌로 삼겠노라 결심하는 일이 점점 더 절박하다.

Dalai Lama

진실한 마음

· · ·말다툼을 벌이고 화내고 시샘하고 경쟁하는데도 우정이 생겨날 수 있을까? 아닐 것이다. 진실한 마음만이 우리에게 진정 절친한 친구를 선물해 준다.

122_365

행복을 느낄 때

• • • 나는 만나는 사람마다 옛 친구처럼 대하려고 애쓴다. 그러면서 진정한 행복감을 느낀다. 이것이야말로 연민을 수행하는 길일 것이다.

Dalai Lama

행복한 사람

··· 행복은 인간이 누리는 특권이다. 인간은 행복을 추구하고, 또 각자 행복을 추구할 자격을 똑같이 갖고 있다. 불행을 추구하는 사람은 아무도 없다. 정의와 평등 또한 인간의 특권이다. 그러나 정의와 평등은 애타주의에 바탕을 두어야지, 권력과 부를 거머쥔 기관의 손에 휘둘러서는 안 된다. 정의와 평등이 공존하려면 애타적인 동기가 필요하다. 그것을 만들기 위해서는 도덕의식이 견고한 사회 환경을 만들어 내는 일이 필수적이다.

이상

· · · 인생에서 이상은 대단히 중요하다. 이상이 없이는 나아갈 수 없다. 이상을 성취하든 못하든 그것은 중요하지 않다. 하지만 이상에 근접하기 위해 노력은 해야 한다.

Dalai Lama

양육 방법

• • • 응석받이로 키우다가 부모가 아이를 포기하면,
아이는 갑자기 착하게 행동하기 시작해서 부모를 끝없이
흐뭇하게 한다. 그와 비슷하게 영적인 스승에게 적절히
의지하면, 스승을 기쁘게 할 수도 있고 또 부정적인
것들을 빨리 순화시킬 수도 있다.

권위

   ···궁극적인 권위란 자신의 이성과 비판적인 분석이 함께 자리하는 것이다.

Dalai Lama

환생

· · · 우리는 수없이 환생을 거듭하므로, 누구나 한 번쯤 우리의 부모가 될 가능성이 있다. 그러므로 우주 만물은 가족의 끈을 갖고 있는 셈이다.

연유

· · · 티베트 의학에서는, 피부 질환은 무지에서
뼈질환은 분노에서 혈액 질환은 집착에서 각각 연유
한다고 본다.

Dalai Lama

아름다운 일

• • • 성서에 나와 있듯이, 칼은 쟁기로도 쓰일 수 있다. 무기가 연장으로 바뀌어서 인간의 기본 욕구를 충족시키는 데 쓰이는 것은 참으로 아름다운 일이다. 내면과 외면을 무장 해제하는 태도 또한 참으로 아름답다.

130_365

잠재성

· · · 영적인 스승이 될 잠재성이 있는지 철저히 검토해 봐야 한다고들 말한다. 아무리 시간이 오래 걸려도, 한 12년쯤 걸리더라도 철저히 자신을 보라고.

Dalai Lama

화

• • •화난 사람은 입맛이 떨어지고 잠도 잘 못
자며 친구도 잃게 된다. 마음이 괴로워 불평을 많이 하
고, 다른 사람의 지적을 받아들이지 않는다.

세치의 혀

··· 지금도 나는 때로 짜증을 내고 화를 내며 다른 이에게 심한 말을 한다. 그리고 잠시 후 화가 가라앉으면 당혹감을 느낀다. 부정적인 말이 이미 입 밖으로 튀어나왔으니 거둬들일 방도가 없다. 말은 내뱉어지고 소리는 존재하지 않건만, 말의 효과는 계속 남아 있다. 그러므로 이제 내가 할 수 있는 일은 그 사람에게 사과하는 것밖에 없다. 그게 옳지 않은가?

Dalai Lama

존재의 이유

• • • 내가 과연 존재하는가 하는 의심이 생기면 팔을 꼬집는다. 세상과 자신에 대한 지식이 착각 현상이라 해도, '태어나지 않은 것'과 '형성되지 않은 것'은 존재한다. 그게 없으면 우리는 존재하지 않을 것이다. 무(無)가 있으므로 유(有)가 존재하는 것이다. 하지만 우리는 마음의 움직임에 따라, 그리고 모든 존재와 관계를 맺으면서 존재한다.

134_365

깨달음이란

• • • 물질의 발전 과정을 보면, 어떤 사람이 시작한 연구를 다른 사람이 이어서 계속할 수 있다. 하지만 영적인 과정은 그게 불가능하다. 우리가 성불한다고 말할 때의 깨달음이란 그 개인만이 성취할 수 있는 것이다. 그 누구도 우리를 위해 대신해 줄 수 없다.

Dalai Lama

인간의 본성

• • • 자신에게 사물을 제어할 권력을 주고 거기에 취해 사는 경우가 많다. 여기에 취하게 되면 마음을 다스릴 수가 없다. 점점 더 많이 원하기만 한다. 불을 끄지 않고 더 붙이는 것이다. 가장 중요한 일인 내면의 무장 해제를 갈망하기는커녕, 정복하기 위해 무기를 몇 배로 늘린다. 심지어 욕망은 진짜 우리가 소망했던 원래의 본성마저도 잊게 한다.

파멸의 길

• • •선한 동기는 선한 행위를 낳는다. 행위의 미덕은 그 방법에 있으며, 깨달음의 경지야말로 아름다운 결과이다. 일반적으로 아름다움은 긍정적인 것을 의미한다. 하나, 지나치게 아름다움에만 집착하면 파멸로 들어갈 수도 있다. 나는 아름다움의 정의가 무엇인지 궁금하다. 살인 기술을, 특히 고통 없이 죽이는 기술을 아름다움이라고 볼 수 있을까? 혹은 전쟁 기술 ─ 비용을 조금 쓰고 큰 파괴 효과를 얻는 것 ─ 을 아름다움이라고 볼 수 있을까? 요즘은 그런 것들을 아름다움이라고 한다. 어리석은 중생들이여!

Dalai Lama

귀담아듣기

• • • 자기 마음이 신앙심과 헌신 쪽으로 변하는 것은 귀담아듣는 것을 통해서이다. 그리고 귀담아들으면, 마음속에서 기쁨이 커지고 마음이 안정된다. 지혜를 키우고 무지를 없애는 것도 듣기를 통해서이다. 그러므로 목숨을 주고라도 잘 들어라. 듣는 것이야말로 무지라는 어둠을 쫓아내는 불꽃과 같다. 귀담아듣기를 통해서 정신적으로 풍요롭게 된다면, 그런 재산은 누구도 빼앗아갈 수 없다. 최고의 재산이 바로 그것이다.

베풂

· · · 보시를 베풀 때에는, 큰 행복감을 갖고 광채가 나는 얼굴로 행해야 한다. 똑바른 정신을 갖고 얼굴에는 미소를 띠고 베풀어야 한다.

Dalai Lama

수행의 의미

··· 행복과 번뇌는 마음에 뿌리를 두고 있다.
일상생활에서 불법을 수행한다는 것은 마음을 찬찬히 더
듬는 것이다.

140_365

잘못된 생각

  ···문제는, 세상만사가 편안해지면 자신이 생기고 친구 없이도 잘살 수 있을 것 같은 생각이 든다는 것이다. 그러나 지위가 낮아지고 건강이 나빠지면, 이내 우리가 얼마나 잘못 생각했던가를 깨닫게 된다.

Dalai Lama

참다운 용기

ㆍㆍㆍ생명이 걸린 일이라도 용기를 내어 가진 것을 내주어야 한다. 고뇌를 경험하는 것은 수행에 많은 도움이 된다.

대응 방법

• • •어떤 사건이나 상황에 대응하는 방법에는 세 가지가 있다. 하나는 반감, 또 하나는 집착, 나머지 하나는 무관심이다. 이 세 가지 상태 중에서 반감이 가장 많은 에너지를 요하고, 집착은 그보다 좀 덜 필요로 하며, 무관심은 거의 필요로 하지 않는다.

Dalai Lama

화의 속성

· · · 상실감을 감당하려고 참는 것을 약한 증거라고
보는 사람이 많다. 그건 잘못된 판단이다. 화를 내는 것이
야말로 약한 증거이다. 인내심은 강인하다는 증거이다.
예를 들면 건실한 이성에 기초해서 자기 생각을 피력하는
사람은, 자신감 있는 태도를 유지하고 심지어 증거를 제시
하면서 미소까지 짓는다. 한편 논리가 건실하지 못해서
곧 체면이 깎일 사람은, 화를 내면서 평정을 잃고 헛소리
를 하기 시작한다. 자기가 하는 일에 자신 있는 사람들은
화를 내지 않는다. 화는 혼란스러운 순간에 더 쉽게 치
밀어오르는 속성이 있다.

진정한 수행자

• • •그 사람이 진정한 정신 수행자인가 하는 여부는, 그가 어떤 수행 방법을 취하는가가 아니라 그 수행에서 장기적으로 어떤 결과물을 얻게 되는가에 달려 있다.

Dalai Lama

공포감을 극복하는 법

• • • 내가 발견한 바에 따르면, 공포에는 두 종류가 있다. 하나는 상황이 아주 미묘하거나 중요할 때 느껴지는 공포감이다. 그런 경우엔 상황을 극복할 방법을 알든 모르든 어떤 결정을 내려야 한다. 나의 경우에는 친구들과 의논하면서 그 문제를 놓고 심사숙고한다. 그런 다음 결정을 내리고 행동에 들어가면 절대 후회하지 않는다. 궁극적으로 이것은 동기와 큰 관계가 있다. 만일 부정적이고 이기적인 동기만 없다면, 마음속 깊이 죄책감을 느끼지 않을 것이다. 또 하나는 상상력에 기초한 공포감이다. 이것을 극복하려면, 공포감을 찬찬히 따져 볼 수 있도록 침착한 마음을 가져야 한다. 세부 사항까지 꼼꼼히 들여다보면, 상상 속의 공포는 흩어져 버린다.

사랑은

• • •어떤 시기에든 자기를 사랑해 주는 사람을 만나지 못한 사람이 있다면, 몹시 슬픈 일이다. 하지만 그 사람이 무조건적인 사랑을 ─ 단순한 인정과 공감이라도 ─ 보여 줄 사람을 단 한 명이라도 만난다면, 자기가 누군가의 애정과 사랑의 대상임을 안다면, 그것은 큰 영향력을 발휘하게 된다. 그리고 상대의 그런 마음을 고맙게 받아들이게 된다. 이 사랑의 행위가 촉매작용을 해서 그 사람 안에 있는 사랑이라는 씨앗을 틔워 주면, 그 씨앗은 꽃을 피우고 열매를 맺는다.

Dalai Lama

네 가지 의지할 것

· · · 대승불교 원칙에서 꼽는 '네 가지 의지할 것'은
다음과 같다.

1) 가르치는 선생이 아니라, 그 가르침에 의지하라.

2) 그것을 표현하는 말이 아니라, 그 본뜻에 의지하라.

3) 일시적인 의미가 아니라, 완성된 의미에 의지하라.

4) 단순한 지식이 아니라, 깊은 경험에서 우러나오는
   초월적인 지혜에 의지하라.

깨달음에 이르는 길

• • • 실제로 망상을 없애는 것은 망상 자체 — 그것도 망상에서 나온 지혜의 형태 — 라고 할 수 있다. 마찬가지로, 성 충동을 약화시키는 것은 성욕으로 인한 공허함을 경험하는 축복이다. 이것은 나무에서 태어난 벌레의 일생과도 비슷하다. 그 벌레들은 제가 태어난 그 나무를 먹는다. 깨달음에 이르는 길을 이렇게 이용하는 것이 불법의 특성이다.

Dalai Lama

수행의 어려움

•••독신으로 살겠다는 서약이 진정 바람직하며 진짜로 가능하냐는 질문을 받는 때가 종종 있다. 수행이란 단순히 성욕을 억누르는 문제만이 아니라고만 말해 두자. 오히려 이런 욕망이 존재한다는 것을 완전히 받아들이고, 그 욕망을 이성의 힘으로 초월할 필요가 있다. 그것을 성공한다면, 대단히 이로운 결과가 마음에 미친다. 성욕은 맹목적인 욕망이므로 순간의 만족만 얻을 수 있다는 데 문제가 있다. 가려우면 긁어라. 하지만 아무리 긁어도 긁지 않는 것만 못하다.

반면교사

• • •심한 고생이 오히려 정신 수양을 강화하는 데 큰 도움이 될 것이다. 곤경과 불운을 '길'로 삼을 수만 있다면.

Dalai Lama

수양은 최고의 향수

• • • 수양은 최고의 영예이다. 노인 아이 할 것 없이 수양을 하면, 행복하게 다시 태어남을 맛보게 된다. 수양은 '최고급' 향수이다. 하지만 바람에 냄새가 흩어지는 보통 향수와는 달리, 사방으로 고르게 그 싱그러운 향기가 퍼져나간다. 그것은 망상이라는 화끈거리는 상처를 아물게 해주는 최고의 연고이다.

용서

　　• • •어떤 이가 과거에 무지한 행위를 저질렀다
는 사실을 알면서도 용서할 수 있을 때, 비로소 우리
자신은 강해진다. 그렇게 되면 현재의 고민을 건설적으로
해결할 수 있게 된다.

Dalai Lama

153-365

종교의 다양성

• • • 늘 아침, 점심, 저녁에 같은 공양을 한다면, 곧 싫증이 나 더 이상 음식을 입에 대기도 성가시게 될 것이다. 그러므로 다양성을 갖는 것이 더 좋다. 종교도 마찬가지이다. 종교의 다양성은 유용하다.

우울증의 원인

    ···우울증은 물질의 부족이 아니라, 애정의 부족으로 인해 일어난다.

Dalai Lama

155_365

진정한 화해

· · · 분노와 증오심은 조화를 가져오지 못한다. 군축과 무장 해제라는 고귀한 업적은 정면 대결과 상호 비방으로는 이룰 수가 없다. 적대적인 태도는 상황을 악화시키지만, 진정으로 존중하는 태도는 자칫하면 폭발할 상황을 점차 진정시킨다. 단기적으로 보면 이익이지만 장기적으로 보면 해악이 되는 일이 많다. 이를 잘 판가름해야 한다.

순수한 고요

· · · 정신의 침묵인 명상에는 아홉 가지 마음의 상태가 있다. 애써 노력하는 것을 반드시 버려야 하는 상태도 거기에 들어간다. 어떤 단계에서는 별다른 노력 없이 집중하는 것이 필요하다. 그것은 힘들이지 않는 것이고, 마음이 아주 고요해지는 것을 의미한다. 그 순간, 어떤 노력을 한다면 고요는 깨지고 만다. 그러므로 순수한 고요를 유지하려면, 애쓰지 않는 애씀이 필요하다.

Dalai Lama

인간의 내면

• • • 캘커타에 있는 병원에 갔을 때의 일이다. 그 병원에서는 아주 큰 기계를 썼지만, 정확한 진단을 내리는 데는 실패했다. 우리 티베트 의사들은 아무 기구 없이도, 팔목을 진맥하고 맥 뛰는 소리를 듣고 사람을 진찰해서 어디가 잘못됐는지 정확히 알아낸다. 기계는 인간의 내면을 진단하지는 못한다. 심한 병은 인간의 내면과 깊은 관련을 갖고 있으므로, 내면을 이해하지 않고는 병을 고칠 수 없다.

변화의 본질

···매우 가난해 아무 특혜도 누리지 못하는 사람이라면 자동차나 텔레비전을 갖는 것을 대단한 일로 여길 것이다. 그런 물건을 손에 넣으면 큰 행복감을 느끼게 될 것이다. 그런 행복감이 영원한 것이라면 참 좋을 것을……. 한데 그렇지가 못하다. 몇 달만 지나면, 행복한 마음은 사라져 버리고 모델을 바꾸고 싶어진다. 예전에 가졌던 그 물건들이 이젠 잔뜩 불만을 느끼게 한다. 이것이 변화의 본질이다.

Dalai Lama

잘못된 행실

• • • 우리는 어떤 사건과 일에는 반드시 원인이 있다는 것을 알고 있다. 고통과 불만족스러운 기분은, 자신의 망상과 잘못된 행실로 인해 일어난다.

존재

•••꿈은 마음의 표상이다. 그것은 만져지지 않는다. 그와 비슷하게 자아와 타인, 번뇌와 해탈은 그 이름과 지식으로 인해 개념이 정해졌다. 그러므로 어떤 사물도 본래부터 있는 존재는 없다.

Dalai Lama

해탈

• • • 해탈이란, 지식을 가로막는 장애물과 감정을 가리는 것에서 해방된 상태이다. 마음이 온전히 펼쳐지는 상태가 바로 해탈이다.

생각의 변화

· · · 서구 문화에서 경험했듯이 죄책감은 무력감, 용기 없음에서 연유한다. 그것은 과거 쪽으로 더 많이 기울어진 개념이다. 앞으로의 세상은 미래를 향해 있고, 희망과 연결되어 있다. 이러한 미래지향적인 것들은 우리를 행동하고 변하게 한다.

Dalai Lama

상황인식

• • •어떤 경전을 공부할 때는, 그 책이 집필될 당시의 환경과 상황, 시기, 그리고 그 가르침을 받은 집단을 고려해야 한다.

행복의 추구

···이렇게 생각하는 사람도 있을 것이다. '모든 게 허상이라면, 허상인 고뇌를 없애려고 해봤자 뭐하나? 그걸 바로잡는 것 역시 허상일 텐데?' 그 대답은 이렇다. 허상인 고뇌는 역시 허상인 원인과 상황의 결과로 생겨난다. 고뇌가 허상일지라도 우린 그것으로 고통을 받고 있다. 그러나 고통받기를 원하지 않는다. 행복 역시 그러하다. 그것이 허상이지만, 그래도 우린 행복을 원한다. 그러니 허상인 고뇌를 없애는 데는 허상을 바로잡는 수단을 써야 한다. 마술사가 마술적인 착각을 이용해서 또 다른 마술적인 착각을 깨는 것처럼.

Dalai Lama

수행의 기쁨

• • • 정진은 무엇인가? 선한 것을 행하는 데서 환희를 찾는 것이다. 그리하려면, 그 일을 하는 데 방해가 되는 것, 특히 게으름을 없애야 한다. 게으름과 잠에서 쾌락을 맛보는 것과 깨달음을 얻는 데 무심한 것을 고통스럽게 여겨야 한다.

복제는 중지 되어야 한다

• • • 복제는 쉽고 정확한 재생산술로서, 우리의 진화 가능성에 종지부를 찍는다는 의미를 내포하고 있다. 우리는 완벽하니 여기서 멈추겠다고 선포하는 것이다. 그런데 우리가 영생을 얻는다면, 즉 죽지 않게 할 수 있다면, 그때는 출산을 억제해야 할 것이다. 안 그랬다간 지구가 감당하지 못할 정도로 인구가 급속히 늘어날 테니까. 우리의 삶이 영생이 아니라면 복제는 중지되어야 한다.

Dalai Lama

확실한 한 가지

· · · 의심의 여지가 없는 한 가지. 그것은 바로 우리 내면에 '뛰어난 가능성'이 있다는 것이다. 모든 것을 부인할 수 있어도, 우리가 더 나아질 가능성을 갖고 있다는 것만은 부인할 수 없다.

겉으로는 알 수가 없다

• • • 동물의 경우, 보통은 얼굴 표정으로 어떤 상태인지 구분이 가능하다. 반면 인간은 훨씬 복잡하다. 어느 정도는 표정으로 그 사람에 대해 감을 잡을 수 있지만, 깜빡 속는 경우도 많다. 예를 들면, 처음에는 좋은 사람이었는데 나중에 나쁜 사람으로 밝혀지는 경우가 있다. 한편으로, 처음에는 형편없는 듯한 사람이 나중에는 착하고 믿음직한 사람으로 밝혀지기도 한다.

Dalai Lama

집착에 관한 오해

• • • 어떤 문제나 우리를 해치려는 사람을 만나면, 즉시 분노가 치밀어오른다. 분노는 도움이 된다. 우리를 대담하고 용기 있게 만들어서, 복수하거나 되받아칠 수 있게 해주니까. 집착이라는 문제에 대해 살펴보자. 그 감정은 우리에겐 절친한 친구와도 같다. 마음의 일부이고 내면의 일부처럼 집착을 당연한 것으로 여겨서, 집착하는 마음이 생겨도 별로 신경 쓰지 않는다. 이렇게 분노와 집착이 친숙하고 도움을 주는 것으로 인식되기 때문에, 거기에 속을 수가 있다.

신앙의 힘

··· 신앙은 의심과 망설임을 물리쳐 주고, 고뇌에서 해방시켜 평화와 행복이 넘치는 곳으로 데려간다. 정신을 맑게 해서, 마음을 청정하게 해주는 것도 신앙이다. 신앙은 자만심을 줄게 하며, 존경하는 마음의 뿌리를 만들게 해준다. 신앙은, 영적으로 한 단계에서 다음 단계로 쉽게 건너갈 수 있게 해주는 가장 훌륭한 길이다. 선한 것을 모두 모을 수 있는 손과 같은 것, 그게 신앙이다.

Dalai Lama

좋은 수행자

• • • 부처는 우리가 맞닥뜨리는 문제가 집을 잘못 지어서라거나, 어떤 일을 시작해서라거나, 일진이 나쁜 날에 일을 해서라고 말한 적이 없다. 부처는 늘 부정적인 일을 행한 결과로 부정적인 경험을 하게 된다고 말했다. 그러므로 좋은 수행자에게는 어떤 일을 하기에 좋은 해도, 일진이 좋고 나쁜 날도 따로 없다.

긍정적인 생각

• • •낙담한 채 지내는 것은 인간이 할 일이 아니다. 우리는 새나 동물이 아니지 않은가. 그저 슬퍼하고 불평하는 데 머물지 말고, 지적인 능력을 발휘하고 부지런히 일해야 한다.

Dalai Lama

흥분은 금물

· · · 맹목적인 분노에 기초한 보복이라면 목표
물을 정확히 조준할 수 없다.

사랑

· · · 집착에 토대를 둔 사랑과 친절의 감정은 건전하고 옳은 것이 아니다. 그 집착은 무지를 기초로 한다. 이성과 명료한 의식에 기초한 것이 진정한 친절이요, 사랑이다.

Dalai Lama

후회 없는 삶

··· 우리 각자는 최선을 다해 자신을 점검하고 연민이 깃들인 삶을 영위해야 한다. 그렇게 살면 결과에 관계없이 후회가 없을 것이다.

내적 성장

··· 깨달음, 발전, 내면의 성장은 정신 수행과 단련을 통해서 이루어지는 것이지, 마약이나 주사, 수술 같은 외적인 수단을 통해 얻어지는 것이 아니다.

Dalai Lama

177_365

시간의 의미

• • • 시간은 기다리지 않고 계속 흘러간다. 막힘 없이 흐를 뿐만 아니라, 거기에 영향을 받아 우리 인생도 계속 흘러간다. 일이 잘못되어도 시간을 되돌려 다시 해볼 수 없다. 그런 의미에서, 진정한 두 번째 기회란 없는 셈이다.

불법의 의미

· · · 불법에서는 한 단어나 표현이 해석 수준에 따라, 다음의 네 가지 의미를 가질 수 있다.
1) 문자 그대로의 의미
2) 일반적인 의미
3) 숨은 의미
4) 궁극적인 의미

Dalai Lama

인간적인 친밀감

· · · 나는 서양의 심리 치료법을 불도를 닦는 데 적용해 본 경험은 없다. 하지만 정신을 치료하는 사람에게 친밀감이 필요하다는 것은 안다. 정신적인 문제를 극복하려고 애쓰는 사람을 치료할 때는 더욱 친밀감이 필요할 것이다. 사람은 마음 밑바닥으로부터 신뢰하는 사람, 아주 친근한 사람에게만 정신의 문을 연다. 이런 식으로 자기를 여는 것은 정신적인 문제를 극복하는 데 있어 중요한 단계이다.

자연의 한계

· · · 대지는 우리의 어머니이다. 우리가 무슨 짓을 저질러도 참는 것을 보면, 대지는 정말 친절하다. 하지만 이제 우리의 파괴력이 극도로 커져, 어머니인 대지가 조심하라고 주의를 줄 수밖에 없는 때가 왔다. 인구 폭발을 비롯한 여러 가지 증상이, '때가 왔음'을 명확히 보여 주지 않는가. 자연도 나름의 한계가 있는 것을.

Dalai Lama

평온함과 통찰력

· · · 고요 혹은 평온함이란, 육체와 정신의 좋은 면이 동반된 인식 상태이다. 몸과 마음이 특별히 유연해지고 잘 받아들이고 잘 돕게 된다. 특별한 통찰력 역시, 육체와 정신이 동반된 인식 상태이다. 이 상태에서는 분석력이 대단히 뛰어나게 된다. 그러므로 평온함은 포용력을 키워 주는 반면, 특별한 통찰력은 분석력을 키워 준다.

적절한 활용

• • • 오늘날 세계의 어떤 지역에서는 가난과 기근이 심하고, 또 어떤 곳에서는 부가 넘쳐난다. 다른 이들을 위한 진정한 관심만 갖고 있다면 그런 문제로 고민할 필요가 없다. 세상에는 이런 문제를 해결할 만한 자원이 충분히 있으니, 이를 활용하기만 하면 된다.

Dalai Lama

인도 속담

• • • 먼저 도와야 한다. 그런 다음에 비극의 원인에 대해 이야기해야 한다. 인도 속담에 이런 말이 있다. '독화살에 맞거든 먼저 화살을 뽑는 게 중요하다. 화살을 쏜 자가 누군지, 어떤 독이 묻었는지 알아볼 시간이 없다.' 우선 급한 문제를 처리하자. 그런 다음에 조사하자. 그와 마찬가지로, 고통받는 사람을 만나면, 그 사람에게 정치적인 것을 묻는 일보다 우선 동정심을 발휘해 대처하는 것이 중요하다.

업보의 특별한 힘

• • • 업보의 영향으로, 어떤 이들에게는 세상이 다른 방식으로 보인다. 인간과 신과 악귀가 ― 세 가지 다른 존재가 ― 물그릇을 본다고 하자. 업보의 영향으로 인간은 그것을 물로, 신은 생명수로, 악귀는 피로 본다. 업보라는 특별한 힘 때문에 같은 물체도 보는 자에 따라 다르게 나타나는 것이다.

Dalai Lama

윤리 의식

• • • 윤리학과 정치학의 상관 관계에서 볼 때, 만약 깊은 윤리 의식이 정치가들에게 지침서가 된다면 인간과 인간 사회는 대단히 큰 수혜를 거두게 될 것이다. 정치에서 종교와 도덕심이 설 자리가 없다느니, 종교인은 스스로 은자로 살아야 한다느니 하는 것은 터무니없는 생각이다.

정의는 살아 있다

· · · 나는 정의와 인간의 결단을 믿는다. 인류 역사에서 인간의 의지가 총보다 훨씬 강력한 힘을 발휘한다는 사실은 이미 증명되었다. 그러므로 지금이 우리에게 힘든 시기라 할지라도, 나는 우리 티베트 민족과 티베트 문화와 신앙이 살아남으리라고, 다시 한 번 꽃피우리라고 확실히 믿는다.

Dalai Lama

연민

· · · 상호 연민과 사랑에 기초한 인간 관계는,
인간의 행복에 있어 기본적으로 중요한 요소이다.

기쁨의 가치

· · · 불행해하면서 증오하기보다는, 다른 이의 성
공에서 기쁨을 느껴야 한다.

Dalai Lama

차이

· · · 외부의 적과 달리, 내부의 적은 일단 내부에
서 박멸되면 다시 결합해서 공격해 올 수 없다.

조작된 허상

• • • 우리를 야멸치거나 공격적으로 만드는 상황이
여러 가지 있다. 주변의 모든 것이 우리를 그런 방향으로
몰아간다. 상업적인 이익 때문에 그러는 경우도 많다. '난
이런저런 물건을 가져야 한다, 안 그러면 내 인생이 서글
퍼질 거야…….' 세상의 기본적인 경쟁 관계는 '승자'
와 '패자'로 양분된다. 하지만 그것 역시 허상이다.
그것도 조작된 허상이다. 자기 내면으로 내려가 명상하
고 반추하지 못하게 하는 것은 이런 허상이다.

Dalai Lama

언론의 책무

• • • 직접적이든 간접적이든 언론은 우리에게 대단히 큰 영향을 미친다. 우리의 행동과 취향과 사고 방식까지도 바꾸어 버린다. 모든 권위 있는 것이 다 그렇듯, 언론 역시 아무렇게나 적용되어선 안 된다. 안 그러면 그 힘은 독단적이고 무책임하게 변질될 수 있다. 언론의 힘은, 종교적이거나 정치적인 책임에 비견할 만한 책임을 언론인에게 준다. 언론인은 나름의 방식으로 인간 공동체를 세우고 보존하는 데 기여해야 한다. 언론인은 공동체의 행복을 첫 번째 관심사로 삼아야 한다.

인간의 삶은 예술이다

· · · 마음을 훈련시키는 것은 일종의 예술이다. 그것이 예술로 간주될 수 있다면, 사람의 생 또한 예술이다. 나는 예술의 물리적인 면에는 관심이 없다. 다만 명상하고 내 마음을 훈련시킬 뿐이다. 외모에 관한 한, 원래 그대로의 자연 역시 예술이다.

Dalai Lama

비교 우위의 법칙

• • • 나보다 못한 사람에게 의지하면 퇴보하게 된다. 나와 비슷한 수준의 사람에게 의지하면 그 모습 그대로 머물게 된다. 나보다 나은 사람에게 의지하면 최고의 자기를 이루는 데 도움이 된다.

음식 나누기

· · ·때로 음식 공양이야말로 모든 관계의 기본 뿌리라는 생각이 든다.

Dalai Lama

195_365

수용

· · · 제자가 스승의 과오를 진솔하게 지적하고 그의
모순된 행동을 설명한다면, 스승이 행동을 바로잡고 그
릇된 행위를 교정하는 데 도움이 될 것이다.

지멸

• • • 원수가 지금은 나에게 해를 입히고 있는 것 같아도, 결국에는 그 파괴적인 행동에 스스로 해를 입게 될 것이다.

Dalai Lama

겸손한 마음

• • • 우선 어떤 문제가 일어나면 겸손한 마음을 지키려고 노력하라. 진지한 태도를 유지하면서, 그 결과가 공정할지에 마음을 써라. 물론 다른 이들이 우리를 이용하려 들지도 모른다. 우리가 저만치 떨어져 있는 것이 부당한 공격을 부추긴다면, 강한 자세를 취하라. 하지만 그것도 동정심을 가지고 해야 한다. 만약 자기 관점을 피력하고 강력한 대응책을 취해야 한다면, 분노나 악의 없이 그렇게 하라.

마음 지키기

· · · 외부의 적은 영원하지 않다. 적에게 존경심을 보여 주면 금세 친구가 된다. 하지만 내면의 적은 영원하다. 내면의 적과는 타협할 수가 없다. 이 적은 마음속에 둥지를 틀고 산다. 때문에 이 모든 나쁜 생각들과 당당히 맞서서 그것들을 제어해야 한다.

Dalai Lama

형제

· · · 인도와 티베트의 현자들은 오랜 세월 동안 근면하게 공부하고 수행하고 참선하면서 얻은 지혜와 경험을 우리에게 전해 주고 있다. 그들의 노력이야말로 두 나라의 국민을 한 가족처럼 이어 주는 다리이다.

연민과 지혜

　•••연민은 진실을 이해하는 방법이며, 지혜는 진실을 이해하는 철학적인 관점이다.

Dalai Lama

시간은 문제가 아니다

· · · 일상생활에 유용하기만 하다면, 옳은 일은
시간이 얼마나 걸리든 문제가 되지 않는다.

범 국가적 문제

• • • 현 상황에서는, 아무도 누군가가 내 문제를 해결해 줄 거라고 기대하지 못한다. 각자 우리 지구촌 가족을 올바른 방향으로 이끌어가도록 도울 책임을 지고 있다. 선의만으로는 충분치 않다. 적극적으로 개입해서 활동해야 한다.

Dalai Lama

우물 안 개구리

　• • • 폭탄을 만드는 경우, 관련자는 전문가들이다. 그들은 몹시 좁은 것에 초점을 맞추고, 그 분야에서 극도의 전문가가 된다. 그러는 과정에서 자기가 하는 일의 거시적인 결과는 보지 못한다. 이것은 우물 안 개구리 같은 안목이다. 그들이 그런 식의 생각에 초점을 맞추는 한, 자기 기만이 동원된다. 폭발물 전문가들의 시각에서 보면, 폭탄 제조는 엄청난 성과이다. 자기들의 영역에서는 유별난 일을 하고 있는 것이다.

잘못된 가르침

   ···영적인 스승도 자신의 부적절한 행위에 대해 책임이 있다. 거기에 이끌리지 않는 것은 제자의 몫이다. 스승의 잘못을 제자가 배운다면 양자 모두의 잘못이다. 제자가 스승에게 지나치게 순종하고 헌신해서 스승의 가르침을 맹목적으로 받아들이기 때문에 그런 일이 일어난다. 이렇게 되면 사람을 망치게 마련인데, 물론 스승의 잘못이 크다. 제자가 어떤 태도를 보이든 영향을 받지 않는 고결함을 갖추지 못한 잘못이 그것이다.

Dalai Lama

영적인 경험

· · · 의식과 예배를 통해서, 자기가 추구하는 영적인 공간과 분위기를 만든다. 그러면 그 과정은 우리의 경험에 강한 영향을 주게 된다. 동경하는 영적인 경험을 할 공간이 우리의 내면에 부족하면, 의식은 형식에 불과해진다. 공들인 겉모양새에 불과하게 된다. 그런 경우 의식은 의미를 잃고, 불필요한 관습이 될 뿐이다 ― 시간을 보내는 좋은 구실이 될 뿐 아무것도 아니다.

나쁜 행위

• • • 간음 행위에는 부정적인 정신이 담겨 있으며, 사회적으로 부정적인 결과를 낳는다. 한평생을 살아갈 부부 사이에 부조화를 유발하고, 자녀에게도 좋지 않은 영향을 미치게 된다. 성폭행은 더욱 나빠서, 다른 사람의 육체를 완력으로 해친다. 법정에서도 격렬한 논쟁이 벌어지고 사회적으로도 다양한 문제를 낳는다.

Dalai Lama

헛된 소리

• • • 다른 이들이 모욕을 주고 비난하고 불쾌한 말을
할 때 목에 가시가 박힌 것처럼 참기 힘든 고통이 느껴질지
라도, 가르침을 이해한다면 메아리나 다름없는 그 헛된 소
리의 본질을 깨달을 수 있다. 생명 없는 물체는 꾸짖음
을 당해도 아무렇지 않듯이, 우리도 그런 일을 당할
때는 조금도 정신적인 격정을 일으킬 필요가 없다.

최우선은 목적

• • • 오늘날 우리는 헤아릴 수 없이 많은 문제를 안고 살아간다. 종종 일어나는 자연 재해의 경우, 재해를 인정하고 최선을 다해 대처해야 한다. 하지만 피할 수 있는 비행과 나쁜 생각으로 일으킨 문제도 있다. 이데올로기나 심지어 종교로 인한 갈등으로 싸우기도 한다. 이는 인간의 목표나 목적을 완전히 잊어버린 행위이다. 모든 신앙과 제도는, 보통 사람이 행복한 삶을 살고자 하는 목적을 이루기 위한 방법에 불과하다. 그러므로 절대로 수단을 목적 위에 놓아서는 안 된다. 어떤 문제나 거기에 수반되는 어떤 것보다도, 인간의 숭고함이 언제나 우선되어야 한다.

Dalai Lama

감사하는 마음

    ··· 윤회하는 존재의 탄생이란 시작에 불과하며, 우리 각자는 몇 겹의 생을 경험하면서 어머니의 역할도 하게 된다. 자녀를 키우는 어머니의 감정이란 고전적인 사랑의 예이다. 자녀의 안전과 보호와 행복을 지켜 주기 위해, 어머니는 자기 인생을 포기할 준비가 되어 있다. 이런 것을 깨달으면서 자녀는 어머니에게 감사하는 마음을 가져야 한다. 그리고 선행을 베푸는 것으로 보은해야 한다.

되돌아 보기

· · · 하루 일과를 마치고 장사를 얼마나 잘했는지
돈을 계산해 보는 것과 마찬가지로, 하루가 막을 내릴
때는 하루를 어떻게 살았는지 점검해야 한다. 하루를
긍정적으로 살았는지 부정적으로 살았는지를.

Dalai Lama

211_365

특별한 꿈

· · · 꿈과 신체의 상태에는 어떤 관계가 있다는 말도 있다. 하지만 '특별한 꿈 상태'라는 것도 있다고 한다. 그런 상태에서는 마음과 몸속의 활기찬 에너지로 '특별한 꿈의 몸'이 만들어진다. 이런 특별한 꿈의 몸은 물리적인 육신으로부터 완전히 분리되어 다른 곳으로 여행할 수 있다. 이 특별한 꿈의 몸을 개발하는 방법은 우선 꿈이 끝나면 꿈을 꿈으로 인식하는 것이다. 그런 다음 그 꿈이 끝날 수 있음을 알게 되면, 꿈에 대한 제어력을 얻으려고 노력할 수 있게 된다.

마음을 비우면 세상이 보인다 *223*

기도

· · · 나의 수행법을 밝히자면, 나는 하루 중 최소한 다섯 시간 반을 기도와 명상과 공부로 보낸다. 그러나 짬이 나면 언제라도 기도 정진한다. 예를 들면 공양이 끝난 후라든가 여행하는 동안을 기도로 보낸다. 거기에는 세 가지 이유가 있다. 우선, 기도는 하루의 의무를 이행하는 데 기여하고 시간을 생산적으로 보내는 데 도움이 된다. 그리고 두려움을 덜어 준다. 하지만 그보다 더 중요한 이유는, 종교 수행과 일상생활을 구분짓지 않기 때문이다.

Dalai Lama

본질을 파악하는 통찰력

• • • 현재의 생활이 무지와 집착에 빠져 있다는 것을 알 능력이 있다면, 무지와 집착이 고뇌를 만드는 원인이라는 사실도 깨닫게 된다. 이런 본질을 파악하는 통찰력이 생기면, 사물을 보는 시야를 넓히는 데 도움이 된다.

신비

· · · 신비의 수준에 따르면, 의식은 세 가지 수준으로 분류된다. 첫 번째 수준은 깨어 있는 상태, 혹은 둔감한 의식 상태이다. 두 번째 수준은 그보다 신비로운, 꿈꾸는 상태의 의식이다. 세 번째 수준은 잠자는 동안의 의식, 즉 잠을 자면서 꿈꾸지 않는 상태로, 훨씬 신비로운 수준이다. 이와 마찬가지로 탄생과 죽음과 그 중간 단계 역시, 의식 수준의 신비로움에 의해 세워진다. 계속해서 흐르는 의식의 토대 위에 재생하고 환생한 존재가 세워진다.

Dalai Lama

215_365

최선을 다하라

••• 우리 각자는 자기 인식과 동정심이 있는 삶의 방식을 영위해야 한다. 그러기 위해 최선을 다해야 한다. 그런 다음에는 어떤 일이 일어나더라도 후회가 없을 것이다.

인과응보

• • • 인과응보는 우리를 불안케 하는 측면과 자유롭게 하는 측면에서 말할 수 있다. 진짜 고통과 진짜 고통의 원인은 우리가 원하지 않는 결과의 측면을 드러낸다. 그러나 진정한 윤회의 중단과 진정한 불도는 우리가 원하는 결과의 측면으로 드러난다.

Dalai Lama

채식주의자 2

• • • 채식주의는 대단히 칭찬할 만한 일이다. 하지만 불교에서는 고기를 먹는 일에 대해 명백하게 금한 대목이 어디에도 없다. '특별히 자기를 위해서 잡았다는 사실을 알거나 그런 의혹을 느낄 때는 그 고기를 먹지 않는다'라고만 되어 있을 따름이다.

가르침

· · · 가르침을 받을 때는 올바른 태도를 갖는 것이 중요하다. 물질적인 이익이나 명성을 얻을 의도로 공부하는 것은 불법(佛法)을 닦는 게 아니다. 또 내세에서 더 나은 존재로 재생한다는 목표 때문에, 혹은 나 자신이 윤회에서 해방되기를 소망하며 공부하는 것도 불법을 닦는 게 아니다. 우리는 이런 태도를 모두 버려야 한다. 대신 대중을 위해서 깨우침을 얻겠다는 단호한 목표를 세우고 가르침에 귀기울여야 한다.

Dalai Lama

축복

　•　•　•　티베트어에서 '축복'을 뜻하는 어휘는 위엄이나 권력을 통해 변모한다는 의미를 갖는다. 간단히 말해서 축복은, 경험의 결과로 마음속에서 더 나은 것으로 변화를 일으킨다는 뜻이다.

세 가지의 고통

• • • 우리는 여러 종류의 고통을 경험한다. 여기에는 세 가지 구분이 있다. 고통의 고통, 이것은 두통 같은 것을 의미한다. 변화의 고통, 이것은 안락함 뒤에 겪는 불안한 감정과 관계가 있다. 그리고 사방에 퍼지는 고통, 이것은 위의 두 가지 고통을 기반으로 작용하는 고통으로서, 인연을 제어하고 마음이 불편한 것을 의미한다.

Dalai Lama

불교도

• • • 불교도를 구분하는 기준은 네 가지 교리를 받아들이느냐에 달려 있다. 그 네 가지 교리는 이러하다.
1) 모든 혼합 현상은 영원하지 못하다.
2) 잘못된 물건이나 사건은 모두 불미스럽다.
3) 모든 현상은 공허하고 이기적이다.
4) 해탈은 진정한 평온이다.

참 수행자

· · · 진정한 수행자는 외부의 압력과 자신의 감정에 영향을 받지 않는다. 이런 이들은 자신과 다른 이들, 양자에게 일시적이고 궁극적인 도움을 자유롭게 확보한다. 이런 사람들은 독립적이며, 무엇도 두려워하지 않고, 자신과 불화를 일으키지 않는다. 늘 평안하며, 늘 모두와 친근하고, 하는 말마다 도움이 된다. 어디에 가든지 우리를 겸손하게 해주어서, 시끄럽거나 우두머리 시늉을 안 하게 한다.

Dalai Lama

그래 봐야 무엇하겠는가

• • • 어떤 사람의 사정이 형편없어졌다고 우리가 좋아해 봤자 뭐하겠는가? 안 그래도 그 사람은 고달프고 힘겨울 텐데. 우리가 만약 그런 짓을 한다면 얼마나 슬픈 일인가?

교육 제도

· · · 우리의 교육 제도는 엉망진창이다. 어떻게 해볼 도리가 없다. 사실 이런 곤란함이 산업과 정치에까지 뻗쳐 있다. 모든 게 우리의 생각과 제어에서 달아나 버리는 것처럼 보인다.

Dalai Lama

우리의 의무

· · · 내가 보기엔 신이 어디서 곤히 잠드신 것 같다. 농담 좀 해봤다. 창조주 신께 그런 말을 하다니……. 하지만 만약 신이 잠에 빠졌다면 깨우는 게 우리의 의무이다. 우리는 힘든 일을 신의 탓으로 돌려서는 안 된다. 이것은 운명의 탓이 아니다. 원인과 행동과 결과의 사슬로 이루어진 우리의 법이라는 인연의 탓도 아니다. 이 모든 것은 오히려 잘못된 태도로부터 나온다.

사형 제도 반대

• • • 나는 사형 제도에 대해서는 전적으로 반대다. 나의 전임자들은 티베트에서 사형 제도를 폐지했다. 오늘날, 중국과 인도같이 큰 나라에서 사형 제도를 유지하고 있다니 믿기 힘들다. 정의의 이름으로 마하트마 간디의 나라에서 사람들을 죽이고 있다니! 부처님이 법을 가르친 바로 그 땅에서! 사형 제도는 완전한 폭력이요, 야만적이고 쓸모 없고 위험하기까지 하다. 모든 폭력이 다 그렇듯, 또다른 폭력 행위로 이어지기만 할 뿐이니까. 잔인하지 않게 종신형을 내리는 것이 가장 무거운 처벌이 되어야 한다.

Dalai Lama

살인보다 키스

· · ·민주주의 국가에서 검열을 행하기는 어렵다. 인도에서는 여전히 검열이 행해지고 있지만, 인도 영화에 서는 심한 폭력과 심지어 적나라한 에로티시즘도 허용된 다. 여성은 자신을 몹시 도발적인 모습으로 표현한다. 하 지만 최근까지 인도 영화에서는 남녀가 입술을 대고 키스도 못했다. 사람들이 서로 죽이기는 하지만, 키 스는 안 했다. 한데 살인보다는 키스가 한결 더 괜찮 지 않을까! 인도 영화에서는 대개 러브 스토리가 전개되 고, 그 사랑을 반대하는 자들이 폭력을 행사하는데, 결국 착한 사람들이 뭉쳐서 보상을 받고 악한 자들은 처벌을 받 는 것으로 끝난다.

환생의 의미

• • • 윤회라 부르는 재생의 주기 속에서 때로 환생 현상이 일어난다. 우선 의미를 정확히 해두자. 윤회란 모든 생물이 처한 상황이다. 해탈에 도달하지 않으면 그 어떤 존재도 그걸 피해갈 수 없다. 이 상황은 고통스럽다. 또 우리가 몰랐던 더 못한 상황에서 살고 또 살게될 수도 있으니까. 재생이 의무라면, 환생은 선택 사항이다. 환생은 미래의 탄생을 마음대로 조정할 수 있는 법력이 있는 개인들에게 주어지는 능력이다.

Dalai Lama

죄의식

• • • 몇몇 학자에 따르면 죄의식은 극복할 수 있는 것이라 한다. 불교 용어에는 죄의식이라는 말이 없다. 불교에서는 부정적인 것은 무엇이나 정화될 수 있다. 죄의식은 우리의 사고 방식으로는 잘 설명할 수가 없다. 사람은 그 행동의 일부이기 때문에, 그 행동의 책임이 완전히 그에게 있지 않다는 게 불교적인 사고 방식이다. 본인은 그 일이 일어나게 하는 요소의 일부일 따름이다. 하지만 어떤 경우에는, 당사자가 회개해야 한다. 책임을 통감해야 하고, 후회하고, 절대로 같은 실수를 반복해서는 안 된다.

불운한 사람

• • • 오랜 공부의 결과로 자만심을 갖게 되었다면, 참으로 불운한 사람이다. 불법 수행에 대해 모르는 사람이 자만해 한다면 그건 이해할 만하다. 하지만 불법 수행자가 괴로운 감정과 거만한 행태를 보인다면 큰 수치이다.

Dalai Lama

영적 스승

· · · 영적인 스승에게 의지하는 것의 좋은 점은, 만일 우리가 부정적인 행실을 계속 저지르더라도 스승의 지적에 의해 이 생에서는 사소한 번뇌나 문제를 경험하거나 꿈으로 경험하는 정도로 끝날 수 있다는 것이다. 또한 부정적인 행위로 인한 파멸의 응보를 없앨 수도 있다.

의식의전이

• • • 선행을 수행하지 않은 사람이 죽게 되면, 몸의 상체부터 의식이 해체되기 시작해서 심장 안에서 거두어 들여진다. 선행을 많이 베푼 사람이 죽으면, 몸의 하체부터 열이 나기 시작해서 마지막으로 심장에서 거두어들여진다. 양자 모두 의식의 전이는 중심에서 일어난다.

Dalai Lama

정신의 태도

· · · 우리는 놀이에 완전히 정신 팔린 어린애 같은 동기와 태도로 정신 수행에 들어가야 한다. 놀이에 완전히 빠진 아이는 너무나 즐거워 끝낼 줄을 모른다. 수행 정진에 있어 우리의 정신 태도도 그래야 한다.

나가르주나는 말한다

· · · 나가르주나(Nagarjuna)는, 어떤 특별한 현상을 존재하는 것으로 확신하기 위해서는 그 현상이 일반적으로 알려진 믿음에 어긋나지 않고, 다른 타당한 인식과 궁극적인 진리를 분석하는 정신에 모순되지 않아야 한다고 말한다.

Dalai Lama

경험의 중요성

· · · 긍정적인 경험이든 부정적인 경험이든 죽음의 순간에 겪는 경험은 우리가 인생을 어떻게 살았느냐와 밀접한 관계가 있다. 알차고 보람된 일상생활을 하는 게 가장 중요하다. 그리고 건강하고 행복하게 살아야 한다.

개인의 권리

· · · 불교 수행자인 나는 법 안에서는 개인의 권리와 자유가 대단히 중요하다고 믿는다. 하지만 그렇다고 해서 타인의 권리나 자유를 경시해도 좋다는 것은 절대 아니다.

Dalai Lama

좁은 안목

• • •사랑, 연민, 용서라는 개념이 순전히 종교
와 관련된 주제라는 생각은 잘못된 생각이다. 신앙심
이 없으면 이런 윤리적인 것들을 실천하지 못한다고 생각
하는 것은, 좁은 안목에서 비롯된 것이다.

사랑, 연민, 용서

···나는 인간 본성에 사랑과 연민, 용서가 깃들어 있다고 믿는다. 신앙심은 나중에 생겨난다. 신앙심이 있는 사람은 행복한 삶을 영위할 수 있지만, 다른 사람에 대한 배려나 헌신, 책임감이 없으면 행복할 수도 성공할 수도 없다.

Dalai Lama

가치 있는 잠

···깨어 있는 동안 행하는 수행과 더불어 잠 자는 동안에도 유익한 목적을 위해 의식을 이용할 수 있다면, 수행하는 힘이 훨씬 커질 것이다. 그러지 않으면 적어도 매일 밤 몇 시간씩 낭비하게 된다. 그러니 잠을 가치 있는 것으로 바꿀 수 있다면 참으로 유용하다. 수트라 경전에 나온 방법은, 잠자리에 들면서 유익한 정신 상태를 발전시키려고 애쓰는 것이다. 동정심이나 무상함, 공허감 같은 것을 그려 보려 애쓰면 된다.

존재의 아름다움

· · · 이 지구에 사는 생물은—인간이든 동물이든—모두 나름의 방식으로 세상의 아름다움과 번영에 기여하기 위해 존재한다. 우리가 편안하게 살도록 여러 생물이, 홀로 혹은 여럿이서 수고한다. 우리가 먹는 음식, 입는 옷이 하늘에서 거저 떨어지지는 않는다. 여러 생물이 그것들을 만들기 위해 애쓴다. 우리가 모든 동료 생물에게 감사해야 하는 이유가 여기에 있다. 동정심과 사랑이 넘치는 친절함이야말로 성취감과 행복을 확인시켜 준다.

Dalai Lama

흑백논리

· · · 나는 대체로 서구 사회에서 인상적인 점을 많이 발견했다. 특히 그 에너지와 창의력, 지식에 대한 갈구에 찬탄한다. 한편, 서구 생활 방식의 여러 가지 면이 나로서는 근심스럽다. 그곳 사람들은 '흑백', '이것 아니면 저것'으로 생각하는 경향이 있다. 이는 상호 의존성과 상대성이란 요소를 무시하는 것이다. 즉, 두 가지 관점 사이에 회색 지대가 있다는 사실을 모르는 경향이 있다. 또한 바로 이웃에 수천 명의 형제자매가 있는데도, 개와 고양이에게만 진정한 애정을 보이는 듯한 사람들이 너무 많다.

축복은

• • • 축복만으로는 충분하지 않다. 축복은 안에서 나와야 한다. 자기 노력 없이 축복을 받는 것은 불가능하다.

Dalai Lama

가르침의 목표

• • • 실력 있는 의사는 환자를 개인적으로 잘 다루면서 특정한 질병을 치유하는 데 필요한 적절한 약을 준다. 더욱이 치료법과 약재는 시간과 나라의 상황에 따라 다양할 것이다. 그러나 다른 약재와 치료 방식을 쓰더라도, 고통받는 환자를 병에서 해방시킨다는 목표는 똑같다. 이와 마찬가지로 모든 종교의 가르침과 방식은 살아 있는 존재들을 비참함과 비참함을 일으키는 원인에서 해방시키고, 행복과 행복을 가져오는 원인을 제공해 주려는 의도를 지니고 있다.

인간의 의무

• • •다른 이를 돕는 것은 인간의 의무이다. 이 것은 나의 굳건한 가르침이며, 여러분에게 주는 메시지이 다. 또 그것은 나 자신의 믿음이기도 하다. 인간 사이의 더 좋은 관계와 그것을 이루기 위해 내가 기여할 수 있는 바가 무엇인가 하는 점이 나의 가장 근본적인 화두이다.

Dalai Lama

245_365

인생의 목적

···의식하든 못하든 우리의 경험 밑바닥에는 한 가지 커다란 질문이 자리잡고 있다. '인생의 목적이 무엇인가?'라는 것이다. 탄생의 순간부터 모든 인간은 행복하길 바라고 고생하는 것을 원치 않는다. 그러나 사회 여건도, 교육도, 이데올로기도 이런 마음에 전혀 영향을 미치지 못한다. 마음속으로부터 우리는 만족감을 갈망할 뿐이다. 그러므로 어떻게 해야 최대의 행복을 얻게 될지 알아내는 일은 중요하다.

가르쳐야 할 것

···가족의 수가 줄어드는 것은 바람직하다. 산아 제한을 해야 한다. 아이를 적게 낳아서, 제대로 키우는 일이 무엇보다 중요하다. 교육 이외에도 아이들에게 생명에 대한 경외심과 인간을 사랑하는 가치에 대해 가르쳐야 한다.

Dalai Lama

집착을 끊으려면

···집착을 끊으려면, 우리를 현혹시키는 것의 추악함에 대해 명상해야 한다. 대중에 대해 명상하면 자만심을 교정할 수 있다. 호흡의 움직임과 상호 의존성에 초점을 맞추면 무지와 맞설 수 있다. 사실 마음이 혼란한 근본 원인은 무지에 있으며, 그 무지 때문에 우리는 사물의 본모습을 이해하지 못한다. 실체를 잘못 인식한 것을 순화시키면 마음을 제어할 수 있게 된다.

악행

· · · 육체의 세 가지 악행은 살인, 도둑질, 간음이다. 말로 짓는 네 가지 악행은 거짓말, 이간질, 모진 말, 몰지각한 말이다. 정신의 세 가지 악행은 탐욕, 악의, 잘못된 견해이다.

Dalai Lama

도시인들의 삶

• • • 서구에서도, 수도원에는 한가로움이 있지만 그 바깥은 ― 특히 도시는 ― 모든 것이 달음박질치며 움직인다. 시계처럼 잠시도 쉴 새 없이 째깍째깍! 그러니 도시 공동체 속에 사는 삶을 들여다보면, 생활이 어찌나 정확한지 꼭 구멍에 꼭 맞게 들어가는 나사못처럼 만들어진 것 같다. 어떤 면에서 볼 때, 도시 사람들은 자기 생활을 조절하지 못한다. 그저 살아남기 위해서 이런 패턴에 맞춰 정해진 속도대로 살아야 하는 것이다.

소망

• • •대지가 그렇듯이, 저도 하늘처럼 크나큰 존재
들을 돕게 하소서. 그들이 깨달음을 얻지 못하는 동안
은, 그들의 행복에 제 몸을 온전히 바치게 하소서.

Dalai Lama

화가 나게 되면

· · · 사람은 화가 나면 행복감을 완전히 잃게 된다. 뛰어난 외모에 평소에는 평온한 사람이라 할지라도, 얼굴이 일그러지고 추해진다. 분노하면 신체의 평안함이 흔들리고 휴식을 취하지 못한다. 입맛이 없어지고 일찍 늙어버린다. 행복감과 평화와 잠을 잃게 된다. 그리고 자기를 도와주던, 믿고 감사해야 할 사람들의 고마움을 모르게 된다.

기억

    ···기억은, 저만치 밀어 놓아도 무의식 속에 남아 있는 경향이 있다. 그러다 어떤 상황이 되면, 의식 위로 떠올라서 우리 마음이 반응하는 데 영향을 미친다. 이런 경향은 최근이나 먼 과거에 겪은 어떤 강력한 경험의 소산물이다. 그런 경험은 일부러 기억해 내지 않아도 무의식적으로 반응하게 된다. 이런 경향에 대해, 또 어떻게 그것이 나타나는지에 대해서는 과거의 경험이 의식 속에 각인되어 있다고 말하는 것 외에 달리 설명하기가 힘들다.

Dalai Lama

환경 문제

· · · 인구 증가는 궁핍과 관계가 있으며, 궁핍은 대지를 병들게 한다. 인간 집단은 배고픔으로 죽어 가게 되면 풀이든 벌레든 뭐든 먹는다. 나무를 베어 내면 땅이 마르고 황폐해진다. 대지의 모든 것이 사라진다. 30년 후에는 환경 문제가 인류가 직면하게 될 가장 심각한 과제가 되리라는 것도 바로 그 때문이다.

잠재된 연민 끌어내기

· · · 우리는 내면에 잠재된 연민을 밖으로 드러나게 해야 한다. 연민을 깨우는 것도 좋다. 예를 들어 죄없는 이가 폭력을 당하면, 우리는 분개하고 화를 낸다. 분노하면서 우리 마음에 연민이 자리잡고 있음을 발견하게 된다. 텔레비전에서 폭력을 보면서 우리는 계속 경각심을 갖는다. 하지만 폭력이 무관심으로 이어진다면, 아주 위험해진다. 그래서 어떻게 하면 무관심에 빠지지 않고 집착하지 않는 경지에 이르게 되는가가 우리 가르침의 주안점이다.

Dalai Lama

티베트 정신

    ···진정한 티베트 정신은 티베트의 오랜 역사 속에서 어려운 변화를 겪으며 생겨났다. 그러나 수 세기 동안 뿌리를 내리고 살면 그런 감정을 잊게 된다. 땅과 하나되어 사는 것은 건드릴 수 없이 안전하게만 느껴진다. 그러다가 예상치 못한 일이 일어나면 그 '하나됨'에 의문이 생긴다. 냉소적인 난폭함, 마구 휘두르는 완력, 자신의 나약함 같은 것을 발견하게 된다. 마침내 사람은 그곳을 떠나 멀리서밖에 고국을 바라보지 못한다. 고국은 파괴당하고 점령당했지만, 여전히 사라지지 않았음을 알게 된다. 자기 안에 살아 있음을 알고, 그러면서 티베트인이 된 느낌을 갖는다. 그제서야 '티베트인이라는 게 어떤 의미가 있는가?'라는 의문이 들기 시작하는 것이다.

죽음 준비하기

· · · 죽기 두려운 것은 언제 어느 순간에 죽음이 닥쳐올지 모르기 때문이다. 죽은 후에 어떤 일이 일어날지 겁이 난다. 어딘지 모르는 이상한 곳에, 초조함이 넘쳐나는 그곳에 있는 자신을 발견할까 봐 두렵다. 잘 죽고 싶다면 잘 살아야 한다는 것을 배워야 한다. 죽음을 경험하는 것은 극도로 중요하다. 그 순간의 마음 상태가 다음에 어떤 존재로 태어날지를 결정할 수 있기 때문이다. 죽는 순간에도 특별한 노력을 할 수 있다. 죽어 가면서 명상을 하면 비할 데 없이 높은 정상에 이를 수도 있다.

Dalai Lama

처신

· · · 쇠를 부식시키는 녹이 쇠 자체에서 생겨나
는 것과 마찬가지로, 잘 따져 보지 않고 처신하면 자기 존
재가 부정적인 상태로 투영되어서 스스로를 망치게 된다.

의사소통의 채널

· · · 동기가 진실하다면 감출 것이 없다. 열린 태도를 취하면 된다. 인간은 말만으로 의사소통을 하는 게 아니다. 열린 태도야말로 진정하고 적절한 의사소통 채널이다.

Dalai Lama

진실한 친구

　•••진실한 친구는 흥하거나 망하거나에 상관
없이 가까이에서 진정한 친구로 남는다. 다른 사람을
향한 이러한 관심은 훌륭한 미덕이지만, 궁극적으로는 자
기 이익을 위해 신경 쓰는 것이므로 한편으로는 이기적이
기도 하다.

지도자라면

••• 지도자는 반드시 보통 사람들과 계속 접촉해야 한다. 사람들을 이끌고자 하는 사람은 누구라도 보통 사람들과 가까이 있어야 한다는 사실을, 나는 일찍이 배웠다.

Dalai Lama

불교 철학

• • • 불교 철학에 따르면, 마음과 의식이 있는 모든 것들은 부처가 될 가능성을 갖고 있다. 이 형언하기 어려운 미묘한 의식을 '부처의 씨앗(Buddhaseed)'이라고 한다. 이것은 불교의 일반적인 기본 사상이며 특히 대승 불교의 기본 사상이다.

타인을 대할 때

••• 타인에 대해 늘 긍정적인 태도를 지녀야 한다. 섣불리 동정하지 말고 다른 이들에 대해 진정한 관심을 가져야 한다. 인간은 모두 귀한 존재이므로 존중하는 마음으로 대해야 한다. 타인을 자기 자신보다 더 신성하고 우수한 존재로 봐야 한다.

Dalai Lama

유년기의 자녀 교육

· · · 아이가 자라서 성공할지 못할지는 유년기를 어떤 분위기 속에서 보내는가에 달려 있다. 사랑과 공감이 넘치는 가정에서 자라는 아이는 더 행복하고 성공적인 인간이 될 것이다. 사랑이 없는 가정에서 자라는 아이는 그 인생 전체를 망칠 위험이 있다. 아이의 발달에 가장 큰 영향을 미치는 것은 사랑이다.

정신이 살아 있는 삶

• • • 서양의 학자들은 열심히 연구한다. 그러나 그들은 언제나 삶의 효율성을 높이는 방향으로만 치닫는다. 그러한 사고의 틀 안에서 정신적인 것은 늘 부수적인 것으로 취급되기 때문에, 마음이라는 눈에 보이지 않는 신성한 영역은 독립성을 갖지 못한다. 나는 영적인 삶의 형태의 중요성에 대해 말하고 있다. 강박 관념이 되어 버린 물질적 목표 달성 의식으로부터 자유로운 삶의 형태를 말하는 것이다. 과학 기술의 침입으로 정신이 살아 있는 삶은 사라지고 있다.

Dalai Lama

험담

···언제나 앞에서는 듣기 좋게 말하고 뒤에서
는 험담을 하는 사람은, 결국 누구에게서나 신용을
잃게 된다.

죽음을 대하는 방법

• • • 죽음을 피할 방법은 없다. 그것은 하늘을 찌를 듯이 높이 솟은 네 개의 산봉우리에 둘러싸였을 때 그곳을 빠져나오려고 애쓰는 것과 다름없다. 생물은 생로병사라는 산봉우리로부터 빠져나올 수가 없다. 나이 들면 젊음이 없어지고, 병들면 건강이 없어진다. 생명이 뒷걸음질치면 뛰어난 모든 것이 못쓰게 된다. 죽음은 생명을 거둬간다. 달음박질을 아주 잘하는 사람이라도 죽음의 손아귀에서 달아날 수는 없다. 아무리 부유해도, 마술을 부릴 능력이 있어도 죽음만은 어쩔 수가 없다. 진언을 외우고 약을 써도 죽음을 면치 못한다. 하니, 죽음을 긍정하고 죽음을 준비하는 것이 현명하다.

Dalai Lama

성불한, 타라

· · · 불교에도 진정한 여성 운동이 있다. 타라(Tara)라는 여성은 보살이 되기 위해 수행 정진을 하면서 완전한 깨달음을 얻으려고 애썼다. 그녀는 여성으로서 성불한 사람이 거의 없다는 것을 알고 있었다. 그래서 이런 생각을 했다. '난 여자로서 수행 정진할 거야. 몇 생 동안이든 구도의 길을 가는 내내, 여자로 태어날 거야. 마지막 생에서 성불하면, 그때도 난 여자일 거야.' 그녀는 결국 성불하여 보살이 되었다.

버려라!

　···경험과 논리에 맞지 않는 것은 뭐든 버려야 한다.

Dalai Lama

종교의 빛

• • • '빛'에 대한 은유는 어떤 종교에서나 공통적으로 쓰이는 이미지이다. 불교에서 빛은 지혜와 지식과 연결되고, 어둠은 무지와 무식과 연결된다. 구도에는 두 가지 방법이 있다. 하나는 동정심과 인내심 같은 마음의 수행이고, 또 하나는 지혜나 지식의 측면, 즉 실체의 본질을 꿰뚫는 통찰력이다. 이 가운데 지혜나 지식의 측면이 무지를 몰아낼 수 있는 진정한 길이다.

그의 권위가 비롯되는 곳

• • • 우리는 명성이나 지위, 권력, 외모, 부 같은 것에 의해서만 사람의 권위를 판단하지는 않는다. 오히려 그 사람이 특별히 아는 분야에 관련된 주제에 대해 자신 있고 믿음직스럽게 말할 때 그 사람을 인정한다. 간단히 말해 한 인간으로서 존경하고 감탄한다고 해서 그 사람의 말을 권위로 받아들이지는 않는다. 이와 마찬가지로 우리가 부처를 권위자이자 기댈 수 있는 스승으로 받아들이는 이유는, 부처가 항상 숭고한 진실의 토대 위에 서 있기 때문이다.

Dalai Lama

말에 관하여

· · · 나는 여러분에게 말하고 있고, 여러분은 내 말을 듣고 있다. 일반적으로 사람들은, 화자와 청중이 있고 내뱉어지는 말의 음(音)이 있다고 생각한다. 그러나 궁극적인 진리 속에서 자기 안을 들여다보면 거기에는 소리[音]가 없다. 다만 허공 같은 공(空)만이 있을 따름이다. 하지만 음(音)이 완전히 존재하지 않는 것은 아니다. 우리가 느낄 수 있는 것을 보면 소리[音]는 틀림없이 존재한다. 내가 하는 말을 여러분이 듣고, 여러분은 그 주제에 대해 생각하고 있다. 내 말이 어떤 효과를 자아내지만, 여러분이 그것을 찾으려 한다면 결코 찾을 수 없다. 이런 신비가 바로 진실의 이중성이다.

스스로 배우는 법

　• • •설법을 하면서, 우리가 어떤 상황에 처해 있든지 종교가 우리에게 해줄 말이 많다고 생각했다. 지금 나는 처음 시작할 때보다 설법을 더 잘한다. 처음에 나는 자신감이 부족했다. 물론 대중 앞에서 말하면서 매번 조금씩 나아졌지만. 설법을 하는 것, 즉 가르치는 것은 스스로를 배우게 한다. 사람은 스승에게서 배우기도 하지만, 스스로에게 배우기도 한다.

Dalai Lama

경험의 기초

· · · 우리의 경험은 다섯 가지 내부 요소와 다섯 가지 외부 요소에 기초한다. 명상 경험이 깊어져서 다섯 가지 내부 요소를 제어할 수 있게 되면, 다섯 가지 외부 요소도 제어할 능력이 생긴다. 우주가 텅 빈 것 같아도 일단 기를 발달시키면 우주를 제어할 수 있게 된다. 그렇게 되면 단단한 사물도 투시할 수 있게 되며, 굳은 땅 위에서 걷듯 허공에서도 걸을 수 있게 된다.

마음을 비워라

· · · 인간과 사회는 상호 의존적이어서, 개인으로서 하는 행동과 사회 구성원으로서 하는 행동을 따로 떼어 생각할 수 없다. 과거에는 사회의 불안과 기능 장애를 개선하기 위해, 현재는 더 평등한 사회를 건설하기 위해 많은 시도를 해왔다. 이런 사회 문제를 해결하기 위해 고귀한 이데올로기에 바탕을 둔 여러 기관과 조직이 태어났다. 모든 의도와 목표를 고려할 때 그 목적 의식은 갸륵하다. 그러나 인간의 타고난 이기심 때문에, 기본적으로는 좋은 아이디어도 부질없는 것이 되어 버리는 경우가 많다. 마음을 비우지 않으면 세상이 열리지 않는다.

Dalai Lama

마음속에 육체가 있다

· · · 과학자들이 티베트 불교 사상에서 관심을 가지는 분야는, 신체와 신경의 관계이다. 특히 뇌와 의식의 관계에 대해 흥미로워하는 듯하다. 행복과 불행을 느끼는 의식의 변화가 신체의 건강 상태에 영향을 미친다는 것이 티베트 불교의 사상이다. 예를 들면 신체의 어떤 질병은 마음 상태에 따라서 나아지거나 악화되기도 한다. 육체 속에 마음이 있는 것이 아니라, 마음속에 육체가 있다.

궁극의 목적

• • • 강이나 시내는 궁극적으로 바다에서 만난다. 마찬가지로 사회를 보는 서로 다른 시각도, 다양한 경제 이론도, 또 그 이론을 성취하는 수단도 결국 인류에게 이익을 주려는 목적을 지닌다. 한 이데올로기에 대해 의견 충돌을 일으키는 토론에 몰두하는 것은 소용없는 짓이다. 모든 인간의 성품을 개조하려고 시도하거나, 하나의 통일된 이데올로기와 행동 양식을 선호하면 긍정적인 결과가 생기지 않는다. 이것은 동서양 모두의 현대사에서 분명하게 입증되었다.

Dalai Lama

역경

· · · 모든 역경을 무상한 것으로 보려고 노력하자. 연못의 물결처럼 역경도 일어났다가 이내 사라져 버린다. 우리는 인연에 의해 끊임없이 윤회하는 문제에 사로잡혀 있다. 한 가지 문제가 나타났다가 지나가면, 또 다른 문제가 시작되는 게 우리의 운명이거늘.

부처의 충고

• • • 부처는 이렇게 충고한다. '오, 지혜로운 자들이여, 금세공인이 금을 불에 달구고 자르고 문질러봄으로써 금을 시험하는 것과 똑같이, 그대들도 나에대한 존경만으로 내 말을 받아들이지 말고, 내 말을 충분히 검토한 후에 받아들이라.'

Dalai Lama

바른 꾸지람

• • • 현명한 부모는 가끔 성내지 않으며 자녀를 꾸 짖거나 체벌한다. 이것은 가능한 일이다. 그러나 진짜 성 이 나서 지나치게 아이를 몰아세우면 장래에 후회하게 된 다. 진정으로 아이를 위한다면, 화가 나는 바로 그 순 간 감정을 절제하고 아이에게 필요한 적절한 표현을 찾아야 한다.

다른 이의 행복을 생각하라

• • • 선한 의도를 가졌든 악한 의도를 가졌든, 어떤 개인의 무지와 오만과 완고함은 역사의 비극을 낳는 다. 잔인한 전제 군주들의 이름만 들어도 공포감과 싫증이 일어난다. 그러므로 사람들이 우리를 얼마나 좋아하느냐 는 우리가 다른 이의 행복을 얼마나 많이 생각하느냐에 달 려 있다.

Dalai Lama

비극을 떨쳐 버려라

• • • 망명이 내게는 도움이 되었다. 인생을 살면서 정말 비극을 만나는 시점에서—어느 누구에게나 일어날 수 있는 일이다—사람은 두 가지로 반응한다. 하나는, 희망을 잃고 의기소침에 빠지는 것이다. 그러면 술과 마약과 끊임없는 슬픔에 빠져들게 된다. 또 하나는 자기 자신을 흔들어 깨우는 것이다. 그러면 자기 안에 숨어 있던 에너지를 발견해서, 더 분명하고 힘 있게 행동할 수 있게 된다.

경험과 사고의 구성물

· · · 불교의 네 가지 관념—공, 무상, 상호 의존, 번뇌—중 가장 신비롭고 이해하기 힘든 것은 '공(空)'이다. 결국 물질의 부재 위에 열리게 되는, 이 어마어마한 경험과 사고의 구성물은 무엇일까? 그 구성물과 그것을 만든 마음의 토대에는 무엇이 있을까? 공이 망각이 아닌 유일한 실체라면, 누가 그 모든 환영의 그물에서 빠져나갈 수 있을까? 이 그물은 누가 쳤을까? 사람이 아찔한 공 너머에 살 수 있을까? 꿈꾸는 자 없는 꿈을 우리는 상상할 수 있을까? 공은 과학적인 개념이다. 우리는 텅 비었다. 말하자면 우리를 구성하는 물질은 텅 비어 있다. 우리도 없는데 세상은 어디에 있는가?

Dalai Lama

세계 비무장화를 바란다

　···미래에 대해 내가 갖고 있는 비전은 지구의 비무장화이다. 이것을 이상적이라고 생각하는 이가 많을 것이다. 정책과 대중 교육의 여러 과정을 거치면서 한 걸음씩 나아가야 지구의 비무장화를 실행할 수 있으리라는 것을 나는 안다. 이 목표를 이루기 위한 첫 단계는 국제적인 무기 거래 금지와 세계 전역의 비무장 지대의 확장이다. 핵 무기고를 해체하고 핵실험을 금지하는 최근의 움직임이 좋은 출발이다.

마음의 변화

· · · 어린아이를 보자. 아이가 좋은 청년으로 자라기까지는 많은 시간이 필요하다. 하룻밤 새에 이루어지는 일이 아니다. 마찬가지로 마음의 변화에도 시간이 필요하다. 최근 여러 곳에서 유전자를 변형시켜 돼지, 소, 새 들을 갑자기 성장시키고 잡아먹는다. 이 부정적인 행위 또한 인간에게 영향을 미친다. 정신 수양도 마찬가지이다. 유전자 조작과 같은 방법으로 갑자기 마음을 변화시킬 수는 없다.

Dalai Lama

자신을 치유해야 한다

· · · 불법 수행의 초기에 다른 이를 섬기는 능력은 제한적일 수밖에 없다. 그 시기에는 자신을 치유해서 마음과 정신을 변화시키는 것에 역점을 두어야 한다. 그렇게 계속 수행하게 되면, 점점 강해져서 다른 이에게 봉사할 수 있게 된다. 그러나 그때가 되어서도 중생의 번뇌와 고난에 압도되기도 한다. 지쳐서 자신은 말할 것도 없고 다른 이에게 효과적으로 봉사하지 못할 수도 있다. 어느 정도 한계를 느끼는 것은 당연한 일이다. 우리는 그 점을 받아들여야 한다.

인간애

　• • •인생에서 가장 중요한 것은 인간애이다. 인간애가 없다면 진정한 행복을 성취할 수 없다. 더 행복한 삶, 더 행복한 가족, 더 행복한 이웃, 더 행복한 나라를 갖고 싶다면 그 열쇠는 내적인 질(質)에서 찾아야 한다. 지구에 사는 50억 인구가 백만장자가 된다 해도 내적인 성장이 없다면 평화도 행복도 있을 수 없다.

Dalai Lama

세계 평화

• • • 무력이 어떤 시기, 어떤 상황에서는 상대적인 평화를 이룰 수 있다. 하지만 장기적으로 보면 군사 대립이나 증오, 의혹을 통해 진정한 세계 평화를 얻기란 불가능하다. 세계 평화는 정신적인 평온, 상호 신뢰와 상호 존경을 통해서 이루어져야 한다.

결혼의 정의

· · · 광적인 사랑으로 결혼과 임신이 되는 것은 아니다. 결혼과 임신은 서로를 잘 아는 데서 비롯된다. 상대방의 외양뿐만 아니라 마음가짐을 제대로 안다면, 상호 신뢰감과 존경심을 키울 수 있다. 결혼은 그런 토대 위에서만 가능해진다. 여기에는 책임감이 따른다. 아기는 그런 상황에서 가져야 한다.

Dalai Lama

종교의 자유

• • • 여러 세기를 통해 수백만의 사람들이 다양한 종교로부터 막대한 수혜를 입었다. 종교 차이로 인해 싸움과 분열이 일어나는 것은 참으로 안타까운 일이다. 우리가 여러 종교에 대해 제대로 연구해서 종교들이 선한 인간상을 만들어 낼 잠재성을 갖고 있음을 알게 된다면, 어느 종교나 진심으로 존중하게 될 것이다.

신비한 에너지

· · · 의식이나 마음은 신비로운 에너지로서, 모든 것을 그 위에 비춰 볼 수 있다. 그것의 본성은 빛을 내는 것뿐이다.

Dalai Lama

진정한 자아

• • • 자아에는 두 가지 타입이 있다. '나'라는 느낌
의 타입 중 '강한 나'의 느낌은 다른 이의 권리에 대
해서는 까맣게 잊어버리고 자기만 중요하게 생각한
다. 이것은 그릇된 자아이다. 또 다른 타입의 자아는 '난
이 일을 해낼 수 있어, 도와줄 수 있어, 봉사할 수 있어'라
고 느끼게 해주는 것으로, 긍정적인 자아이다.

자비심의 척도

• • • 중생에 대한 일시적인 동정심이 생겨서 그들을 위해 어떤 일을 할 수도 있다. 하지만 자비심이란 자동적으로 일어나는 것이 아니다. 그런 진중한 감정은, 점차로 커지는 것이고 각자의 내면에서 그 자비심의 가치를 믿는 토대 위에 자라나는 것이다. 그러므로 친절한 태도를 취하는 것은 개인의 문제이다. 결국 우리 각자가 일상생활에서 어떻게 행동하느냐가 진짜 자비심을 가졌느냐를 보여 주는 척도이다.

Dalai Lama

갈등의 차이

　•　•　•　사람이 느끼는 정신적인 갈등과 그 갈등이 일으키는 감정—분노, 적대감 등—은 차이가 있다. 자기가 겪는 정신적인 갈등을 표현하지 못하는 경우, 나중에 그것을 표현할 수 있는 때가 되면 저절로 적대감과 분노가 곁들여진다. 그러므로 번뇌는 표현하는 것이 좋다. 적대감까지는 아니더라도 번뇌는 표현해야 한다.

과학의 한계

• • •잘 모르는 분야를 다룰 때는 경계심을 늦추어서는 안 된다. 물론 여기에는 과학이 도움이 된다. 우리는 이해하지 못하는 사물은 신비롭다고 간주해 버린다. 현대 과학이 밝혀 내지 못하는 부분도 있다. 하지만 어떤 것을 발견하지 못했다고 해서 그것이 존재하지 않는 것은 아니다. 실험이 그것을 찾지 못했음을 증명할 뿐이다. 자연 자체가 부과한 한계를 염두에 두는 것 또한 중요하다.

Dalai Lama

295_365

어린 아이에게 배운다

• • •깊이 생각하는 사람이라면 정의를 존중할 것이다. 우리 정신 속에는 정의에 대해 존중하는 마음이 깃들여 있다. 어린이들에게서는 자연스러운 인간의 성정을 발견할 수 있다. 하지만 자라면서 성정이 불순해지고 나쁜 습관이 배게 된다. 나는 가끔 어린이에게 더 큰 진실이 있다고 느낀다. 어린이에게서 인간의 용기와 인성에 대한 믿음을 가질 이유를 발견하곤 한다.

습관

  · · · 우리의 습관은 다시 태어난다. 깨우침으로
윤회는 끝이 난다. 모든 생각, 감정, 인식, 육체적인 감각,
생각의 구분이 없어진다.

Dalai Lama

진정한 신앙이란

• • • 신앙에는 세 가지 종류가 있다. 우선 특별한 사람이나 존재 상태에 대해 찬미하는 신앙이 있다. 그리고 야망을 품은 신앙이 있다. 여기에는 경쟁심이 있어서, 사람은 그런 존재 상태를 획득하려는 열망을 품는다. 마지막으로 확신의 신앙이있다. 이것이야말로 진정한 신앙이다.

구도의 길

· · · 진정한 구도의 길에 나선 정신 수행자는 고난을 감수하려는 준비를 해야 한다. 그리고 노력과 의지를 갖고 꾸준히 계속하겠다는 단호한 결심이 있어야 한다. 구도 과정에서 만나게 마련인 여러 장애를 미리 예상해야 하고, 성공적인 수행에 이르는 열쇠는 결심을 허물지 않는 것임을 이해해야 한다. 이런 단호한 접근이 가장 중요하다. 석가모니의 인생사는, 노력과 흔들림 없는 헌신을 통해서 온전한 깨달음을 얻은 사람의 이야기이다.

Dalai Lama

공존의 토대가 없다면

• • • 원하는 행복을 얻기 위해 노력할 권리를 인간이 갖지 못한다면, 그 사람은 불만을 갖게 되고 사회에 문제를 일으킬 수도 있다. 타인으로부터 위협이나 완력이 아닌 진정한 이해에 의한 협조를 창출할 수 없다면 인생은 훨씬 힘들어진다. 사람들의 마음을 만족시켜 주면, 평화가 뒤따르게 마련이다. 공존의 토대 없이 바람직하지 않은 정치, 사회, 문화 만을 계속해서 사람들에게 짊어지운다면 진정한 평화란 기대하기 어렵다.

300_365

도둑질

· · · 도둑질은 다른 이의 재산과 안녕을 해치고, 평화와 행복을 방해한다. 사람들은 집을 지을 때, 도둑이 들어오지 못하도록 추하게 창살과 방범망을 설치한다. 그 창살과 방범망을 보면 사람의 마음이 얼마나 불편해지는지 생각해 본 적이 있는가? 그것으로 인해 마음의 평화와 행복이 도둑맞는다는 생각을 해본 적이 있는가?

Dalai Lama

301_365

분열

• • • 종교의 기능이 제대로 수행되면, 우리는 분파
주의나 당파심과 같은 파괴적인 실수를 피할 수 있다. 이
기심과 당파심은 종교를 잘못 이해하는 데서 생겨나
는 것이다.

사랑이 있다면

• • • 사랑이 있다면, 진정한 가족애와 형제애, 진정한 평화를 가질 수 있다는 희망이 있다. 마음속의 사랑을 잃는다면, 그래서 줄곧 다른 이를 적으로 보게 된다면, 그때는 아무리 뛰어난 지식과 교육 배경을 갖고 있더라도 번뇌와 혼란에 사로잡힌다. 사람끼리 계속 속이고 서로 지배하려 든다. 기본적으로 누구나 번뇌하게 되어 있다. 거기에 서로 괴롭혀 봤자 무슨 유익이 있으리요. 모든 정신 수행의 토대는 사랑이다. 사랑을 잘 수행하라는 것이 내가 여러분에게 주는 유일한 당부이다.

Dalai Lama

303–*365*

시간 낭비

••• 하루가 지루할 때 느긋하게 잡담을 하면 시간이 빨리 지나가는 것 같다. 하지만 그것은 최악으로 시간을 낭비하는 방법이다. 재단사가 손에 바늘을 쥐고 손님과 잡담을 한다면, 옷 짓는 일은 끝나지 않는다. 게다가 이따금 바늘에 손이 찔리기도 한다. 간단히 말해, 의미 없는 잡담을 하면 어떤 일이든 제대로 할 수가 없게 된다.

진정한 구도의 길

· · · 우리는 세속적인 권력의 길을 피한다. 구도의 길을 가야만 영혼을 치유할 수 있기 때문이다. 구도의 길은 멋들어진 건물의 돌에도, 황금 동상에도, 잘 차려 입은 비단 옷에도, 성스러운 경전의 종잇장에도 있지 않다. 그것은 사람의 마음과 정신 속, 말로 표현할 수 없는 곳에 깃들어 있다. 우리는 위대한 스승들의 가르침 ─ 본능을 승화시키고 생각을 정화하라 ─ 을 자유롭게 따라야 한다. 이것을 일상생활에서 실제로 행동에 옮기면, 어떤 교파든 자기 종교의 목적을 제대로 성취하게 된다.

Dalai Lama

305_365

행복해야 할 권리

  • • • 인종이나 이데올로기, 동과 서 같은 정치 블록, 남과 북 같은 경제 블록 등과 상관없이, 모든 사람에게 가장 중요하고 기본적인 것은 누구나 인간이라는 점이다─ 남녀노소, 부자, 가난뱅이, 교육받은 사람, 교육받지 못한 사람 가릴 것 없이 모두가 인간이라는 사실이다. 인간이라는 점, 행복을 얻고자 하는 열망을 지녔다는 점, 행복을 추구할 기본권을 가지고 있다는 점, 고통을 피하고 싶어 한다는 점…… 그런 것들이 무엇보다 중요하다.

제국주의는 오래가지 못한다

• • • 어느 곳에서나 압제하는 권력은, 로봇이나 노예가 아닌 자유인으로 살고자 하는 욕망을, 각자의 행복을 위해 최선이라 여겨지는 대로 자유롭게 행동하고 자유롭게 생각하는 인간으로 살고자 하는 욕망을 억누르지 못했다. 중국인으로 인해 우리의 신성한 땅엔 재밖에 남은 게 없지만, 아무리 시간이 오래 걸리더라도 이 잿더미 속에서 티베트는 우뚝 일어설 것이다. 지금까지 제국주의 권력은 식민 통치를 오래 유지하지 못했다.

Dalat Lama

307_365

불가능

• • • 인간은, 다른 이의 번뇌를 대신 짊어지고 그에게 행복을 내주기란 불가능하다고 생각한다. 그러나 인간 사이에 그런 일이 일어난다면, 그것은 과거의 질긴 인연 때문이다.

도덕 수행

···도덕 수행이란 육신과 말과 마음이 불건전한 행동에 빠지지 않도록 자신을 경계한다는 의미이다. 도덕 수행을 하면 제정신을 차리고 양심을 지키게 된다. 그러므로 도덕심이야말로 구도의 토대이다.

Dalai Lama

세속적 편견

· · · 얻는 것과 잃는 것, 쾌락과 고통, 칭송과 비난, 명성과 오명, 이 여덟 가지 세속적인 편견으로 인해 우리의 의도가 망쳐져서는 안 된다.

마음 다스리기

• • • 마음을 지키는 일보다 더 중요한 일은 없다. 야생 코끼리처럼 날뛰는 마음을 늘 지켜보고 자제하자. 정신을 차려 방심하지 말자. 그렇게 하면 외부의 영향을 피할 수 있다. 그러나 아주 외딴 곳에 홀로 있더라도 마음을 제대로 다스리지 못하면, 마음은 세상을 헤맬 것이다. 홀로 있는데도 엄청나게 나쁜 감정 상태를 가질 수 있다.

Dalai Lama

인내하라

···우리는 이제까지 그리고 지금 현재도 끝없이 번뇌하고 있으며, 그것을 통해 아무런 이득도 얻지 못하고 산다. 이제 착한 마음을 갖고 살기로 약속했으므로, 다른 사람이 우리를 모욕한다 해도 화내지 않으려고 애써야 한다. 인내하기란 쉽지 않을 것이다. 거기에는 엄청난 집중이 요구된다. 하지만 이런 어려움을 견디고 얻은 결과는 숭고하다. 행복하게 여길 만한 것이다!

공격성

• • • 공격성은 누구나 갖고 있다. 그렇기 때문에 우리는 몸부림쳐야 한다. 엄격하게 말하면, 비폭력적인 환경에서 성장한 사람도 비할 데 없이 무시무시한 백정이 될 수 있다. 이것은 우리 내면의 깊은 곳에, 미쳐 날뛰는 공격성이 자리잡고 있음을 증명해 준다. 하지만 인간의 진정한 본성은 차분하다. 심한 충격을 받으면 마음은 자연히 선동된다. 하지만 그것이 마음 전체를 지배하는 것은 아니다. 선동되는 마음을 억누르는 것은 가능하고 또 필요한 일이다.

Dalai Lama

마음의 본질

   • • • 마음이 마음을 볼 수 있을까? 대답은 '그렇다'
와 '아니다'이다. '아니다'인 이유는 마음이 동시에 주체와
객체가 되지 못하기 때문이다. 마음은 원하든 원치 않든,
알든 모르든 관찰하는 모든 것을 간섭한다. 의문이 생길
때는 더욱 그러하다. 하지만 마음은 완전히 자기를 볼 수
없다. 그러나 마음을 정화시키는 기본적인 도구는 마
음 자체이다. 마음은 매순간 스스로 마음을 만들어
낸다. 그러므로 마음은 본질적으로 자기에 대한 책임
이 있다.

영원불멸에 대한 갈망

· · · 영원 불멸에 대한 갈망은 자기를 소중히 여기기 때문에 생겨난다. 또 일상생활이 행복할 때 생겨난다. 하지만 비참한 생활을 하는 사람은 삶이 빨리 끝나기를 바란다.

Dalat Lama

우주적 책임감

· · · 다음 세기의 도전을 극복하려면 전 인류가 우주적인 책임감을 키워야 한다. 우리 각자는 자기 자신이나 가족, 조국을 위해서가 아니라 인류 전체의 이익을 위해서 일해야 한다는 사실을 알아야 한다. 내 나라 위주로 생각하는 것은 낡은 사고 방식이다. 우주적 책임이야말로 인류 생존의 진정한 열쇠이다. 개인이 솔선하는 데서 커다란 인류의 움직임이 생겨난다. 그러므로 공동의 행복에 있어 커다란 차이를 만드는 것은 개개인이다.

사물을 보는 능력

· · · 오늘날 우리가 보는 무수히 많은 별자리는 차츰 차츰 조금씩 발견되어 온 것이다. 하지만 흥미로운 점은, 망원경의 성능이 좋아질수록 더 많은 별자리를 발견하리라는 사실이다. 우리가 사물을 보는 능력을 많이 가질수록 볼 것이 더 많아진다는 이야기이다.

Dalai Lama

실체의 본질

· · · 많이 알지만 실행에 옮기지 않는 사람은, 자기 가축은 한 마리도 없으면서 만날 양떼나 소떼를 돌보는 목동과 비슷하다. 그러므로 실체의 본질에 대해 공부하고 숙고하고 명상하는 것이 정신 수행의 발전에 대단히 중요하다.

부처의 설법

• • • 부처님은 마음의 훈련을 세 가지 등급으로 나누어 설법했다. 더 높은 덕행을 훈련하는 것, 더 높은 명상을 훈련하는 것, 더 좋은 지혜를 훈련하는 것이 바로 그 세 가지 등급이다.

Dalai Lama

욕망의 종류

• • • 욕망에는 두 가지 타입이 있다. 하나는 선한 목적을 가진 욕망이다. 이 욕망은 결단력으로 이어진다. 불교에 따르면 우리는 궁극적으로 이 욕망 때문에 성불한다. 또다른 욕망은 이성이 없는 형태, 즉 단순히 '이걸 갖고 싶어, 저렇게 되고 싶어'라고 느끼는 욕망이다. 적절한 토대가 없는 이런 종류의 욕망은 재앙으로 이어지는 경우가 많다.

무지함

• • • 불교의 관점으로 보면, 무지에 의해 모든 것이 조정되고 영향을 받고 지배를 받는 한 영원한 행복은 불가능하다. 일단 무지가 제거되면, 그때는 깨달음을 얻게 된다.

Dalat Lama

구원이란

• • •구원이란 축복의 상태나 외적인 것이 아니다.
그것은 내적인 것이다.

망상 정화하기

• • • 교리를 가르치면서 부처는 마지막 부분에서 마음의 망상을 정화하는 법을 주로 강조했다. 마음은 맑음을 지니고 있어 전체론적인 방법으로 발전시킬 수 있다는 것이다.

Dalai Lama

진리

• • • 진리를 전통적이고 궁극적인 관점에서 설명하는 목적은, 우리가 기본적으로 진실에 대해 혼동하고 무지하기 때문이다. 무지함을 구별하고 혼동을 근절하기 위해서는 현상의 진실한 본성을 알아야 한다.

내면의 힘

· · · 함께 기도할 때, 축복이랄까 은총이랄까 뭐라
고 이름 붙여야 좋을지 모를 그런 감정을 느낀다 ― 어쨌
든 우리가 경험할 수 있는 어떤 감정이 있다. 우리가 제
대로 이용한다면 이 감정은 내면의 힘을 키우는 데
큰 도움이 될 것이다.

Dalai Lama

장기적 안목

· · · 큰 고통을 겪고 있는 사람들을 대하면서, 혹시 내가 '소진'됐다고 느껴지거나 완전히 지쳤다는 기분이 들면, 잠시 물러나서 원기를 회복하는 게 모두를 위한 최선책이다. 장기적인 안목을 갖는 게 핵심이다.

연민 키우기

• • • 보기만 해도 짜증나는 사람을 만나거든, 자기 분노와 대면하고 연민을 키울 수 있는 기회로 삼아라. 하지만 그 짜증스러운 마음이 너무 크다면, 그리고 그 사람이 너무 혐오스러워서 함께 있는 것조차 참을 수 없다면, 그때는 비상구를 찾는 편이 더 낫다! 원칙적으로는, 화가 너무 심한 정도가 아니라면 짜증스러운 일이나 화나게 하는 사람을 피하지 않는 편이 더 좋다. 하지만 대면조차 못 참겠다면, 혼자서 분노를 가라앉히고 연민을 키우라.

Dalai Lama

마음 키우기

· · · 마음은 스스로 변할 수 있고 또 변해야 한다. 마음은 마음을 더럽히는 불순한 것을 없애고 숭고한 경지로 승화할 수 있다. 우리 모두 똑같은 그릇으로 시작하지만, 어떤 사람은 그 그릇을 더 키우고 어떤 사람은 그러지 못한다. 사람은 마음의 나태함에 쉽게 익숙해진다. 밑바닥에 게으름이 숨어 있기 때문에 쉽게 나태해지는 것이다. 우리는 이리저리 정신없이 뛰어다니고 계산을 하고 전화 통화를 한다. 하지만 이런 활동에는 가장 원초적이고 열등한 수준의 마음만 관여할 뿐이다. 이렇게 겉으로만 분주한 활동 때문에 우리는 본질적인 것을 보지 못한다.

착하게 살자

• • • 우리 모두는 지구에 여행자로 와 있다. 여기서 영원히 살 수 있는 사람은 아무도 없다. 오래 산다 해도 기껏해야 백 년이다. 그러니 있는 동안 착한 마음을 가지려고 노력해야 한다. 인생을 긍정적이고 유용한 것으로 만들고자 애써야 한다. 겨우 몇 년밖에 못 살건, 한 세기에 걸쳐 살건, 다른 사람과 동물과 환경에 해악을 끼치는 짓을 하는 데 시간을 허비한다면 진정 후회스럽고 슬픈 일이다. 가장 중요한 것은 좋은 인간이 되는 일이다.

Dalai Lama

스승

· · · 부처는 스승이고, 불법은 실질적인 피난처
이며, 승려는 피난처로 삼을 것을 이해하고 세우도록
도와주는 사람이다.

진정한 연민

• • • 평범한 연민과 사랑은 대단히 친밀한 감정을 불러일으키지만, 그것은 근본적으로 애착에 불과하다. 사랑은 상대가 아름답고 착하게 보일 때는 지속되지만, 상대방이 덜 아름답거나 덜 착해 보일 때는 완전히 변해 버린다. 좋아하는 친구도 감정이 변하면 적으로 느껴질 수 있다. 그러나 진정한 사랑과 연민을 갖게 되면, 상대방의 외모나 행동에 아무런 영향을 받지 않게 된다. 진정한 연민은 다른 이의 번뇌를 알아보는 데서 나온다. 그렇게 되면 책임감을 느끼게 되고, 그 사람을 위해서 뭔가를 하고 싶어진다.

Dalai Lama

331_365

매일매일 자기 점검하기

· · · 매일 정신을 바짝 차리고 자기를 점검하면― 생각과 동기와 그것들이 행동으로 표현된 것을 검토하면 ― 변화와 자기 발전을 이룰 가능성이 우리 안에서 활짝 열릴 수 있다. 오랜 세월 동안 내가 눈에 띄는 발전을 이루었다고 자신 있게 말할 수는 없지만, 변하고 발전하고자 하는 욕망과 결심은 언제나 확고하다. 이른 아침부터 잠자리에 들 때까지 어떤 상황에서나 늘 동기를 점검하려 애쓴다. 정신을 바짝 차리고 그 순간에 충실하려고 노력한다. 나의 경우, 이렇게 하는 것이 생활에 큰 도움을 준다.

332_365

최선을 다한다는 것

• • • 사회의 지식과 판단에 따르지 말고, 자기 안의 양심에 따라 최선을 다해 행동하라. '최선을 다한다'라는 것은 그저 몇 마디 말에 불과하지만, 이는 일상생활에서 언제나 마음을 점검해야 한다는 것을 뜻한다. 그래야 다른 사람은 모르고 지나간다 해도 자기 자신이 저지른 실수에 대해 죄책감을 느끼지 않을 수 있다. 그렇게 하고 있다면 최선을 다하고 있는 것이다.

Dalai Lama

신중하게 판단하고 행동하라

• • • 어떤 특별한 정신 수행에 들어가기 전에는 다시 한 번 생각해 보는 게 중요하다. 그리고 일단 들어가면 거기에 매달려야 한다. 여러 군데 레스토랑의 음식 맛을 보고 다니지만 실제로는 한 끼 식사도 제대로 하지 못하는 사람처럼 되어서는 안 된다. 수행을 시작하기 전에 신중히 생각해 본 다음, 그 수행법을 끝까지 따르라. 이 방식을 취하면 매일 조금씩 헌신한다고 해도 어떤 결과를 얻게 될 것이다. 하지만 온갖 다양한 구도의 길을 추구한다면, 어디에도 이르지 못하게 된다.

334_365

절망적일 때

· · · 사람은 절망적일 때 신에게 의지한다. 그리고 신은 절망적일 때 거짓말을 한다!

Dalai Lama

인간적인 세상 만들기

• • • 신앙인이든 무신론자든, 하느님을 믿든 인연을 신봉하든 상관없이, 도덕 윤리는 모든 이가 추구해야 하는 규범이다. 도덕적인 양심의 가책, 연민, 겸손 같은 인간적인 품성은 반드시 필요하다. 인간의 내면은 약하기 때문에, 좋은 사회 환경에서 끈질긴 개인의 발전을 통해서만 이런 품성들을 얻을 수 있다. 그래야 더욱 인간적인 세상이 이루어질 것이다.

나는 슬픔에 압도당하지 않는다

• • • 이제 나는 쾌활한 사람이 되었다! 스스로 수행과 훈련을 한 결과라고 생각한다. 나는 나라를 잃었고, 결국 다른 이의 선의에 온전히 의존해 사는 존재로 전락해 버렸다. 또 어머니를 잃었다. 스승들 대부분이 세상을 떠났다. 물론 이런 일들은 비극적인 사건이고, 그 생각을 하면 슬프다. 하지만 나는 슬픔에 압도당하지 않는다. 오래된 익숙한 얼굴들이 사라지고 새로운 얼굴들이 나타나지만, 나는 여전히 마음의 행복과 평안을 계속 간직하고 있다.

Dalai Lama

337_365

지속적이어야 한다

•••영적인 성장에 진정 관심이 있는 사람이라면 명상 수행을 하지 않고는 못산다. 그게 열쇠다! 단순한 기도나 서원은 내면의 영적 변화에 영향을 주지 못한다. 발전할 방법은 오로지 지속적인 명상밖에 없다. 물론 처음에는 쉽지 않다. 어려움을 느끼게 되거나 열심히 하던 태도가 언제 시들해질지 모른다. 혹은 처음에 지나치게 열심히 매달리다가 몇 주나 몇 달이 지나면 열정이 사그라들기도 한다. 장기적인 헌신을 바탕으로 꾸준히 해야 한다.

예측 불가능한 행동

· · · 폭력은 어떤 결과를 낳을지 예측 불가능한 행동이다. 행위를 저지르는 쪽의 동기가 긍정적이고 순수하다손 치더라도, 폭력이 수단으로 쓰이면 그 결과를 예측하기는 몹시 어렵다. 이런 이유 때문에 폭력이란 수단을 써야 하는 상황은 피하는 편이 좋다. 인내하고 포용한다고 해서 복종하거나 불의에 굴복하는 것을 의미하는 것은 절대 아니다.

Dalai Lama

건강한 사람

· · · 인내심과 포용력을 많이 가진 사람은 삶의
평온함과 고요함을 가진 사람이다. 이런 사람은 더 행
복하고 정서가 안정되었을 뿐 아니라 신체적으로도 더 건
강하고 질병도 덜 앓는다. 이런 사람은 맑은 정신으로 잠
잘 수 있다.

외톨이 방지법

• • • 진지한 동기와 관심을 갖고 다른 이를 도우면, 복이 커지고 친구가 많아지고 미소가 환해지고 더 큰 성공을 거두게 된다. 다른 이의 권리를 잊고, 다른 이의 안위를 무시하면, 결국 몹시 외로운 사람이 된다.

Dalai Lama

성별의 차이

• • • 불교 수행의 최고 분야인 요가 수행법의 관점에서 보면, 성별의 차이는 없다. 성불하는 종국의 삶에서조차 남녀의 차이가 없다. 예를 들어 남성이 여성을 학대하거나 멸시하는 것은 근본적인 몰락으로 본다. 남성이 그런 짓을 하는 것은 재앙이다. 하지만 거기에 비교될 만한 여성의 몰락은 없다. 그래서 남성들은 질투심을 느낀다. 하지만 이것이 본질적인 것은 아니다. 여성의 사회적 조건이 남성에 비해 열악하더라도 성불하는 조건이 불리하다는 뜻은 아닌 것이다.

동정심만으로 부족하다

· · · 동정심을 느끼는 것만으로는 부족하다. 행동을 해야 한다. 행동에는 두 가지 측면이 있다. 한 가지는 뒤틀리고 괴로운 자기 마음을 극복하는 것이다. 즉 마음을 진정시키고 분노를 마음속에서 내모는 것이다. 다른 한 가지는 더 사회적이고 대중적인 측면이다. 세상에서 잘못된 것을 바로잡기 위해 어떤 일인가 이루어져야 할 때, 다른 이들을 이롭게 하는 데 진정 관심 있는 사람은 직접 뛰어들어 그 일을 행해야 한다. 자기 마음을 다스리고 사회 정의를 위해 실천해야 한다.

Dalai Lama

343_365

영적인 스승

• • • 나는 불교 수행자들에게 영적인 스승의 모든 행동을 성스럽고 고귀하게 보지는 말라고 권유한다. 영적인 스승이 되려면 특별한 자질이 필요하다. '스승님이 하신 일이니 좋은 처신입니다'라고 간단히 말하지 마라. 절대로 그래서는 안 된다. 건전하지 않은 일은 건전하지 않은 일로 인식해야 한다. 그래야 비판할 가치가 있는 일인지 가늠할 수가 있다.

마음속 깊은 곳의 사랑

· · · 깊은 연민을 느낀다면, 이미 그 사람과 친밀한 관계가 되었다는 뜻이다. 경전에는, 하나밖에 없는 자녀를 향한 어머니의 마음과 같은 사랑을 가꾸어야 한다고 나와 있다. 이것은 마음속 깊은 곳으로부터 나온 사랑이다. 불교에서 말하는 '애착'은 서구인들의 개념과는 사뭇 다르다. 우리는, 자녀를 향한 어머니의 사랑은 애착에서 벗어난 것이라 말한다.

Dalat Lama

345-365

가치로운 일

• • • 사람들은 사회에 남아서 평상시의 직분을 수행해야 한다. 사회에 이바지하면서, 내면을 닦고 수행을 실행해야 한다. 매일 직장에 출근하고 일하고 집에 돌아와야 한다. 늦은 저녁의 유흥을 포기하고 일찍 잠자리에 들어, 다음 날 일찍 일어나 분석적인 명상을 행하는 것은 가치로운 일이다.

효과적으로 돕기

· · · 사람들을 가장 효과적으로 도우려면, 우리 스스로 온전히 깨달은 부처가 되어야 한다. 다른 사람에게 큰 도움을 주려면, 우리가 보살의 수준에 들어야 한다. 즉 공(空)을 비개념적인 실체로 직접 경험하고 지각을 넘어선 인식력을 성취하여야 한다. 하지만 그렇게 되지 못한 사람도 다른 이를 도울 수 있는 여러 길이 있다.

Dalai Lama

죄로부터 자유

• • • 어떤 관점으로는, 우리가 인체를 지녔고 부처의 가르침을 수행하고 있으므로 벌레보다 훨씬 낫다고 말할 수 있다. 하지만 다른 관점에서 보면, 우리는 목적을 달성하기 위해 거짓말을 하고 솔직하지 않은 행동을 자주 하지만, 벌레는 결백하고 죄로부터 자유롭다고 말할 수 있다. 이런 안목으로 보면 우리는 벌레보다 훨씬 못하다. 벌레는 자신을 다른 것으로 가장하지 않고 자기 일만 열심히 하며 돌아다니지 않는가.

따뜻한 마음

··· 정치가든 종교인이든 사업가든 무슨 일을 하든, 따뜻한 마음을 가진 착한 사람이 되려고 노력하라. 개인의 행동이 더 행복한 가정과 공동체를 만드는 데 기여할 수 있다.

Dalat Lama

궁극의 두 가지 측면

· · · '궁극'이란 어휘는 두 가지 면으로 쓰일 수 있다. 한 가지는 부정의 대상, 즉 논박되어야 할 것을 뜻할 때 쓰인다. 다른 한 가지는 사람이 이루어야 할 지혜를 뜻할 때 쓰인다.

목표, 자각, 효과

· · ·'궁극'이란 어휘는 때로 의식의 주관적인 마음을 뜻하는 불교적인 관점으로 해석된다. 또 어떤 경우엔 목표를 의미하기도 한다. 일반적으로 목표, 지혜의 자각, 그 효과라는 세 가지 의미로 쓰인다.

Dalat Lama

텅 빔의 텅 빔

• • • 공(空)을 깨닫는 것은 대단히 중요하다. 어떤 특별한 현상의 본질을 분석해 보면, 텅 비어 있거나 원래부터 결핍된 존재임을 알게 되기 때문이다. 텅 빔의 텅 빔을 깨닫는 것도 중요하다. 텅 빔 자체는 독립적인 존재를 갖지 못하기 때문이다.

확고한 자아

• • • 대개의 경우 자아를 주장하면 실망에 이르게 된다. 아니면 자기만 주장하는 다른 자아와 갈등을 일으킨다. 자아가 강하게 발전되어 변화와 요구가 많아질 때 특히 그렇다. 영원히 비밀로 남으리라는 자아에 대한 환상은 앞에서 우리를 기다리는 위험물이다. 나는 이걸 원한다, 나는 저걸 원한다, 이런 식으로 자신의 욕구를 추구하다 보면, 그것은 누군가를 죽이는 것으로 끝날지도 모른다. 자기 본위가 지나치면 제어할 수 없는 곡해에 빠지게 되고 결국 나쁜 결말을 맺게 된다. 하지만 다른 관점에서 보면, 확고한 자아는 긍정적인 요소가 될 수 있다. 자기에 대한 진정한 확신을 가져야 한다.

Dalai Lama

애정이란

· · · 내가 말하는 애정이란 아무 목적도 없이, 되돌려 받으려는 의도도 없이 그저 주는 것이란 점을 이해해야 한다. 그것은 감정의 문제가 아니다. 마찬가지로 진정한 연민이란 집착이 없는 것이다. 이 점에 주의를 기울여보자. 이것은 우리의 습관적인 사고 방식에 배치되는 관점이다. 연민의 마음을 휘젓는 것은 이런저런 특별한 사건들이 아니다. 우리가 스스로 선택해서 이런저런 사람에게 연민을 주는 게 아니다. 주고받는다는 소망 없이 그저 자발적으로, 완전하게 연민의 마음을 주는 것이다. 우주적으로 연민의 마음을 주는 것이다.

354–365

나의 환생

··· 내가 망명 중에 죽는다면, 그리고 티베트 사람들이 달라이 라마 제도가 계속되기를 바란다면, 나의 환생은 중국의 통제 하에서는 이루어지지 않을 것이다.

Dalai Lama

깊이가 없는 사랑

• • • 단순한 애정 정도의 사랑이라면, 아주 작은 변화로도 사람을 변하게 만든다. 이것은 피상적인 것에 기초한 감정이기 때문이다. 결혼을 예로 들어 보자. 이런 감정으로 결혼을 하게 되면 부부는 몇 주나 몇 달, 혹은 몇 년 살다가 원수가 되어 결국 이혼으로 막을 내리고 만다. 깊이 사랑해서 결혼했건만 — 증오하며 결혼하는 사람이 어디 있는가 — 얼마 후에는 모든 게 변해 버린다. 왜 그럴까?

분노의 표현

••• 분노를 억누르지 말고 표현해야 한다고 말하는 심리학자들도 있다. 분노를 행해야 한다는 것이다! 그러나 표현해야 하는 정신적인 문제와 표현하지 말아야 하는 정신적인 문제를 명확히 구분해야 한다. 때로는 억울함으로 마음 아파하지 말고 속상함을 표현하는 것이 옳다. 하지만 분노를 띠고 그 감정을 표현해서는 안 된다.

Dalai Lama

지혜를 키우면

• • • 지혜와 연민에 초점을 맞추어 정신 수행에 더 깊이 들어가면, 거듭 중생의 번뇌와 만나게 될 것이다. 수행자는 무관심하거나 무기력함을 느끼지 않고, 그 번뇌를 인정하고 거기에 적절하게 반응할 역량을 갖게 될 것이다. 번뇌에 대해 생각할 때 자존심이나 자기 기만에 빠지면 안 된다. 지혜를 키우면 이런 구렁텅이를 피하는 데 도움이 된다. 그러나 그것을 일반화하기는 힘들다. 개인마다 용기와 인내심이 각기 다르기 때문이다.

나만 소중하니까

• • • 자기만을 소중히 하는 태도는 우리를 안달하게 만든다. 자기가 극도로 중요하다고 생각하며, 또 자기가 행복해지고 모든 것이 자기를 위해 잘 돌아가기를 바란다. 하지만 어떻게 해야 그렇게 되는지 우리는 모른다. 사실 자기를 소중히 여기는 태도에서 나오는 행동으로는 절대로 행복해질 수 없다.

Dalai Lama

늘 겸손하게

• • • 누구와 함께 있든 상관없이 '내가 이 사람보다 더 강하다', '내가 더 예쁘다', '내가 더 똑똑하다', '내가 더 부자다', '내가 훨씬 자질이 뛰어나다' 등등의 생각을 하곤 한다. 자만심이 발동하는 것이다. 이것은 좋은 일이 아니다. 늘 겸손한 태도를 지녀야 한다. 다른 이를 돕고 자선에 관련된 일에 임할 때도, 자기를 약한 자에게 은혜를 베푸는 보호자처럼 생각해서는 안 된다.

번뇌의 굴레

• • •작은 마을이나 외딴 곳에 사는 사람은 대도시나 큰 나라에 가서 더 매력적인 생활을 하고 싶어 한다. 또 대도시에 사는 사람은 시골이나 한적한 곳에서 지내기를 더 좋아한다. 이는 당연한 현상이다. 욕망은 늘 변화한다. 이것이 번뇌의 굴레이다. 변화라는 번뇌의 굴레.

Dalat Lama

아주 유해한 일

· · · 다른 이를 따돌리는 사람은 자기가 따돌림을 받게 될 것이다. 자기 신이 유일한 신이라고 주장하는 사람은 위험하고 유해한 일을 하는 것이다. 그것은 가능한 수단을 다 동원해서 자기 신앙을 남에게 강요하는 짓이기 때문이다.

반드시 해야 할 일이라면

• • • 옛날에 승려 둘이 있었다 — 한 사람은 스승, 한 사람은 제자였다. 스승은 제자를 격려하기 위해 '언제 하루, 소풍을 나갈 것이다'라고 말했다. 그리고 며칠 후, 그 약속을 잊었다. 나중에 제자가 스승에게 약속을 일깨워 주었지만, 스승은 '너무 바빠서 당분간은 소풍을 갈 수 없겠다'고 대답했다. 오랜 시간이 흘렀고 소풍은 가지 못했다. 다시 소풍 이야기가 나오자, 스승은 '지금은 안 된다. 너무 바쁘구나'라고 말했다. 그러던 어느 날 시신이 운구되는 광경을 보고 스승이 제자에게 '무슨 일이냐?'라고 물었다. 그러자 제자는 '저 불쌍한 사람이 소풍을 가고 있습니다!'라고 대답했다. 해야 할 일은 특별한 시간을 만들어서라도 행해야지, 그렇지 않으면 늘 다른 할 일이 있어 미루게 된다.

Dalai Lama

363_365

영적 생활의 진수

• • • 모든 영적 생활의 진수는 다른 이를 향한 나의 감정, 나의 태도이다. 순수하고 진중한 동기를 가졌다면 나머지는 모두 따라오게 된다. 친절한 마음과 사랑과 존경심, 그리고 모든 인간이 하나라는 분명한 깨달음의 토대 위에서라야 다른 이를 향한 올바른 태도를 발전시킬 수 있다.

다른 시선

　···불행을 단지 축복이 옷을 바꿔 입은 것으로 보자. 그러면 불행으로 말미암아 인과응보의 참의미를 깨닫게 되고 가치 있는 행위만 하겠다는 확신을 가질 수 있을 터이니.

Dalai Lama

365_365

Thanks to

• • • 티베트 안팎에 사는 티베트인들을 대신해서 후원자들과 친구들에게 진심으로 감사드리고 싶습니다. 우리가 역사상 유례 없는 엄청난 시련과 고난을 겪는 동안, 인도의 주도 하에 세계인이 우리에게 준 연민과 후원과 도움은 영원히 기억될 것이며 역사에 기록될 것입니다.

역자 후기

우리가 책을 읽는 것은, 시간과 공간을 뛰어넘어 누군가 만나는 즐거움을 느끼기 위해서이다. 내가 살아 보지 못한 이색적인 인생을 산 사람의 이야기도 좋고, 보통 사람으로는 살기 힘든 정의롭고 올곧은 사람들의 이야기도 좋다. 깊은 내면 세계의 울림을 전해 주는 이야기도 좋고, 전혀 색다른 시대, 색다른 문화를 생생히 경험하게 해주는 이야기도 좋다. 좋은 글은 읽는 재미도 만만치 않지만, 또 우리말로 옮기는 재미도 쏠쏠하다. 마음에 쏙 드는 책을 늘 만날 수 있는 것은 아니지만.

이번 《마음을 비우면 세상이 보인다》의 번역은 나로서는 다소 이색적인 작업이었다. 십 몇 년째 번역 작업을 하면서 이런저런 글들을 많이 다루어 봤지만, 모두가 영어 문화권의 책이어서 장르를 불문하고 하나같이 서양식 사고 방식에 기초한 글들이었다. 달라이 라마가 동양인이고 그 역사와 문화가 신비로운 티베트(특히 불교)의 지도자라는 점 등이, 내가 지금껏 다루었던 글과는 전혀 다른 사상과 내용을 지닌 글이 되리라는 기대를 품게 만들었다. 또한 처음이라는 데 따르는 어려움을 함께 느끼면서 번역에 들어갔다.

글을 통해 만난 달라이 라마는 흥미로운 사람이었다. 그는 산으로 들어가서 수행하기보다는 인간 세상에 남아서 의미 있는 행동으로 수행할 것을 권한다. 또 다른 이들에게 연민을 품고 그들을 존중하는 애타주의를 강조한다. 명상의 중요성도 역설하지만, 일상생활에서 맺는 인간 관계의 중요성, 즉 사람 사는 이야기에 더 큰 관심을 보인다. 우리가 흔히 동양적이라고 생각하는 것과 서양적이라고 생각하는 것의 구분을 넘어서 동서양이 어우러지고, 종교와 세속 생활이 어우러져 큰 울림을 만들어 낸다. 산속에서 맑은 바람을 쐬는 느낌, 그런가 하면 번뇌로 얼룩진 세속에서 가지런히 걸음을 옮기며 사는 충만감, 그런 것이 한데 어우러진 글이다. 1년 내내 크신 이 앞에 단정히 앉아서 이야기를 듣는 기분…… 정말 즐거웠다.

2000년 5월
공 경 희

공경희

1965년 서울 출생. 서울대 영문과 졸업.
현재 성균관대학교 사회교육원 번역자양성과정 강사 겸
전문번역가로 활동 중. 옮긴 책으로는 《시간의 모래밭》
《그래서 그들은 바다로 갔다》《코마》《메디슨 카운티의 다리》
《모리와 함께한 화요일》《교수와 광인》 등이 있다.

마음을 비우면 세상이 보인다

초판   1쇄 발행일 · 2000년 5월 25일
초판 15쇄 발행일 · 2003년 1월 25일
개정판 1쇄 발행일 · 2010년 3월 25일
지은이 · **달라이 라마**
엮은이 · **레누카 싱**
옮긴이 · **공경희**
펴낸이 · **임성규**
펴낸곳 · **문이당**

등록 · 1988. 11. 5 제 1-832호
주소 · 서울시 성북구 동소문동 4가 83 청구빌딩 3층
전화 · 928-8741~3(영) 927-4991~2(편)
팩스 · 925-5406
ⓒ 2000 달라이 라마

홈페이지 http://www.munidang.co.kr
전자우편 webmaster@munidang.co.kr

ISBN 978-89-7456-431-5 03890

값은 표지 뒷면에 표시되어 있습니다.
잘못된 책은 바꾸어드립니다.